LE PÉRIL

DES

CONFIDENCES

LES ENQUÊTES DE FRÈRE MARC

LE PÉRIL DES CONFIDENCES

Roman

Inès DELAJOIE

Écrit sans IA.

Couverture image : pexels-osviel-rodriguez-valdes-

Édition : BoD · Books on Demand, 31 avenue Saint-Rémy, 57600 Forbach, bod@bod.fr

Impression : Libri Plureos GmbH, Friedensallee 273, 22763 Hamburg (Allemagne)

ISBN : 978-2-3225-5078-4
Dépôt légal : Avril 2025

AUTRES LIVRES DE L'AUTEURE

Élisabeth LESEUR, *Une âme pour élever le monde,*
Nouvelle Cité 2024. (Biographie spirituelle)

Madeleine SÉMER, *Quand Dieu devient Présence,*
BoD 2025. (Biographie spirituelle)

Romans :

Chaque livre de la série **Le Couvent des Cyprès** peut être lu
séparément même si les tomes suivent une chronologie.

Les Chemins de Mérincourt, *roman, BoD 2018.*
- Le Couvent des Cyprès I -

Les Glycines de Fourvière, *roman, BoD 2019.*
- Le Couvent des Cyprès II -

Le Temps d'Exister, *roman, BoD 2020.*
- Le Couvent des Cyprès III -

Traversée sous la Lumière, *roman, BoD 2024, Amazon 2022. -*
Le Couvent des Cyprès IV -

Le Journal de sœur Aymy, *roman, BoD 2024,*
Amazon 2023. - Le Couvent des Cyprès V –

L'inespéré est toujours certain, *roman, BoD 2024*
- Le Couvent des Cyprès VI –

Le voyage des Sœurs, roman, BoD 2025,
- *Le Couvent des Cyprès VII* –

- Tome VIII, *Le Couvent des Cyprès,* en préparation.

Les tomes V et VI (*Le Journal de sœur Aymy et L'Inespéré est toujours certain*) sont en caractères bien visibles permettant une lecture facile pour les personnes ayant besoin d'une lecture aérée sur papier blanc.

La coccinelle de Jahan, nouvelle, Nouvelle Cité 2022.

Les livres sont disponibles dans toutes les librairies sur demande ou sur tous sites internet de ventes aussi bien en livre *broché* qu'en *ebook* pour liseuse.

Tout le bonheur du monde est dans l'inattendu.

Jean d'Ormesson

CHAPITRE I

L'office monastique matinal venait de s'achever par un chant polyphonique entraînant, accompagné à l'orgue par frère Édouard. Marc retint Angély par le bras devant la porte de la sacristie :

— Tu as remarqué ? On ne voit plus Valérie… Cela fait un bon moment qu'elle ne vient plus, je m'inquiète ! Le jeudi, elle est souvent là !

— Ah oui… c'est vrai ! On devrait lui passer un coup de téléphone.

Le printemps se dessinait à peine avec des températures clémentes ; ce n'était plus le froid glacial de l'hiver qui retenait Valérie, une habituée des prières de l'Abbaye de Serreveille. Retraitée depuis quelques années de la cantine scolaire de Louvrin, à douze kilomètres de là, elle assistait au moins quatre fois par semaine à l'un des offices, arrivant avec la petite Fiat jaune qu'elle garait toujours près de l'église. Marc, attentif, lui lançait un petit salut à son arrivée. Discrète, elle ne s'attardait jamais. Souvent drapée dans un manteau mauve qui accentuait sa petite taille, Valérie ne faisait pas de grand discours et les frères la connaissaient finalement très peu. Elle ne participait pas non plus aux apéritifs organisés de temps à autre par les moines avec les familiers ou les visiteurs du monastère. On la savait célibataire et très pieuse, c'est tout. Ce matin d'avril, en débouchant dans le chœur de l'église où les moines s'installaient dans les antiques stalles latérales, Marc, d'un naturel sensible et observateur, avait jeté un coup d'œil à l'assemblée, très peu nombreuse en semaine, et la place vide de Valérie l'intriguait, il avait prié plus spécialement pour elle.

— On a son numéro, au fait ? demanda frère Angély, qui partageait avec Marc la responsabilité du monastère d'une vingtaine de moines.

— Heu… non, je ne crois pas ! Je vais à Louvrin tout à l'heure pour acheter du pain. L'hôtellerie en manque. Carlo n'en a pas fait assez pour la semaine, on est seulement jeudi et l'équipe des responsables scouts en mange beaucoup, paraît-il ! Il faut que j'en achète avant la prochaine fournée. Je sais que Valérie n'habite pas très loin de l'école, dans une petite maison de plain-pied, j'y passerai pour prendre des nouvelles.

— Elle est peut-être tout simplement partie pour quelques semaines… on ne sait rien de ses activités. Mais tu as raison, si jamais elle était malade…

Angély, grand et maigre, apparaissait avoir deux têtes de plus que tous les autres frères de la communauté. Marc avoisinait seulement le mètre soixante-dix, mince, les cheveux châtain clair et les yeux bleus, il semblait largement plus jeune qu'Angély dont la chevelure blanche et le visage maigre accusaient les traits. Pourtant, une dizaine d'années seulement les séparait : Marc venait de fêter ses cinquante-huit ans.

— Tu prendras la Dacia ? Thierry a besoin de la camionnette, précisa Angély, fixant Marc de ses yeux clairs, un peu cernés.

— Pas de problème, j'en profiterai pour faire le plein, j'ai vu qu'on roulait déjà sur la réserve, ajouta Marc.

Il accrocha son aube blanche sur la rangée de portemanteaux de la sacristie. Au quotidien, les moines portaient une simple tenue de toile bleu foncé sur un pantalon de même couleur. Ils ne revêtaient leurs aubes qu'au moment des offices. Pour les sorties à l'extérieur de l'Abbaye, la plupart s'habillaient en civil et ne se distinguaient que par une discrète croix de bois portée sur leur pull bleu marine ou leur polo blanc, l'été. L'ordre, inspiré de la spiritualité de Saint François de Sales, aimait la simplicité et la discrétion.

Après avoir parcouru les douze kilomètres légèrement vallonnés de la route étroite et champêtre bordée tantôt de bois, tantôt de champs dont la beauté ne le lassait pas, Marc parvint à Louvrin. Il se rendit à la boulangerie du centre-ville puis se gara près de la maison de Valérie, dans une rue attenante à l'école Jean Moulin. La ville offrait tous les commerces et services indispensables et elle était, de surcroît, desservie par une gare. Louvrin représentait un centre dans un bassin de population disséminée dans des zones environnantes davantage rurales. Sur le trottoir, Marc identifia la porte et le nom apposé sur la sonnette : « V.Chantemet ». Il sonna et patienta, sans résultat. Les volets blancs des trois fenêtres étaient bien ouverts, rien ne bougeait derrière les fenêtres à carreaux. Marc frappa alors, pensant que la sonnette ne fonctionnait peut-être pas. Il vit un discret mouvement de rideau… puis la porte s'ouvrit :

— Ah… C'est vous ! Excusez-moi, entrez… je me demandais qui pouvait bien venir aujourd'hui !

— On ne vous voit plus à Serreveille et on s'inquiétait, expliqua d'une voix chaleureuse Marc, découvrant une petite cuisine impeccablement agencée et propre.

— C'est gentil, je ne viens plus parce que… parce que… j'ai peur…

— Peur ? Mais peur de quoi ?

Valérie fit asseoir son visiteur et le regarda avec un visage tendu et des yeux noirs légèrement plissés derrière ses lunettes rondes :

— Vous voulez boire quelque chose ?

Marc déclina, alarmé par l'expression de Valérie malgré un comportement accueillant qui manifestait un usage bien ancré. Dans sa cuisine, la retraitée paraissait encore plus menue que d'habitude, courbée, le visage grave, sans ce sourire que Marc lui connaissait quand ils se saluaient à l'église. Il regretta de ne pas avoir lié conversation plus tôt avec elle : entre respect et intrusion, l'équilibre présentait des subtilités. Certains fidèles aimaient le silence et n'avaient aucune envie de parler après un office. Valérie était-elle, en plus, timide ? Elle regardait Marc avec la tête légèrement tournée :

— Figurez-vous… figurez-vous…

Marc attendit, les mots arrivaient lentement, Valérie cherchait comment s'exprimer, lissant machinalement la toile cirée fleurie de sa table de cuisine. Le Frère finit par avancer doucement :

— Vous n'êtes pas malade au moins ?

Valérie, debout, fit un signe de dénégation. Marc garda le silence en la fixant, attentif :

— Non, non, ce n'est pas ça… j'ai des ennuis… depuis quinze jours, je n'ose plus trop partir de chez moi !

Valérie finit par s'asseoir ; ses cheveux grisonnants mi-longs encadraient un visage ovale à la peau déjà un peu bronzée par les premiers soleils. Elle inspira profondément en haussant les épaules :

— Il m'arrive des drôles de choses : en deux semaines, j'ai retrouvé ma voiture avec un pneu crevé, trois fois ! Du coup, je ne la sors plus du garage ! Depuis le temps que j'habite ici, cela ne m'était jamais arrivé : le mécanicien a retrouvé des clous plantés à chaque fois…

Elle s'arrêta, scrutant le visage de Marc. Celui-ci pensa la rassurer en évoquant l'hypothèse du hasard ou de jeunes plaisantins en quête d'amusement ; toutefois, rompu aux subtilités de la relation humaine grâce à l'écoute des visiteurs au monastère, il choisit de se taire. Il voulait laisser Valérie poursuivre librement sa pensée et comprendre comment elle interprétait ces incidents à répétition. L'écoute totale sans interrompre, c'était toujours ce qu'il s'efforçait de vivre. Il savait, pour l'avoir expérimenté lui-même, que c'était un cadeau inestimable ; à Serreveille, combien de fois Côme avait-il attendu sans impatience, qu'il s'exprime au plus juste !

Son hôtesse reprit d'un ton plus vif, en se redressant de toute sa taille :

— Mais ce n'est pas tout ! J'ai un petit jardin derrière, avec une clôture que l'on peut facilement enjamber : j'ai retrouvé des pots de fleurs cassés, des détritus mis en plein milieu de mon massif, une corde qui traînait…

Valérie parlait, étreinte par l'émotion, elle dut avaler sa salive au milieu d'une phrase :

— J'en ai parlé à la mairie, à la police municipale, ils m'ont répondu qu'ils n'avaient eu pas eu d'autre plainte à Louvrin et que ce devait être des enfants de l'école qui voulaient s'amuser. Que je n'avais pas à m'en faire, que cela s'arrêterait bien tout seul… je n'avais qu'à garer ma voiture dans mon garage… puisque j'en avais un !

Marc réfléchissait. Valérie devait surveiller toute la journée et peut-être se lever la nuit, elle semblait très ébranlée. Devant son attitude crispée, les deux mains sur ses joues et les coudes bloqués sur la table, Marc jugea que le mouvement pourrait la détendre. Il proposa :

— Valérie… je comprends que vous soyez soucieuse et troublée ! On le serait à moins ! Si vous me montriez votre jardin ?

— Oui, bien sûr ! Vous allez voir les dégâts… je laisse tout en l'état. Pour la police, puisqu'ils ne veulent pas se déplacer, si cela se reproduit, ils auront des preuves…

La cuisine était la pièce centrale bordée de deux pièces attenantes, l'une avec la porte ouverte où Marc aperçut un petit salon et l'autre, porte fermée, qui devait être la chambre. Valérie conduisit Marc dans une arrière-cuisine tapissée d'étagères qui donnait sur le jardin par une porte à moitié vitrée. De là, quelques marches et le terrain de petite taille entouré d'un muret, s'offraient au regard.

Valérie désigna de son bras tendu les méfaits avec une colère contenue : les pots cassés sur le bord à droite, la corde en mauvais état à gauche et les détritus en plein milieu du massif de fleurs. Il y avait un coin réservé au potager et un autre à l'agrément avec quelques arbustes décoratifs. Marc examina les épluchures de légumes et des coquilles d'œufs qui défiguraient les plantations :

— Il n'y avait pas de plastique ? Ou autre chose avec ?

— Non, que des ordures ménagères, assura la propriétaire, que Marc sentait déjà plus à l'aise ; elle retrouvait son naturel.

Le frère cogitait : ces « poubelles » déversées ne provenaient certainement pas d'une farce d'enfant. Il n'en dit rien. Valérie répétait qu'elle laissait tout tel quel pour garder les traces du fauteur de troubles et tant pis si ce n'était pas joli.

— Les pneus de votre voiture ont été crevés dans la rue ou après avoir roulé ?

— Je m'en suis aperçue dès que j'ai démarré ! Au bout de trois fois, j'ai rangé ma voiture au garage, vous pensez bien ! La première fois, j'allais partir chez vous à Serreveille, c'était un matin, une autre fois… c'était l'après-midi, pour aller au club de tricot au hameau de Verlière… Depuis, je ne sors plus ma voiture ; je fais mes courses à pied une fois par semaine et en vitesse ! Le garagiste a pensé à une boîte de clous tombés au sol et m'a conseillé de regarder où je me garais. Vous pensez bien que j'ai fait le tour : il n'y en avait aucun autre !

La pauvre Valérie, sous le choc, ne vivait désormais qu'occupée à vérifier sa maison ! Attristé, Marc lui proposa de la conduire le surlendemain, samedi, à l'Abbaye ; il devrait revenir s'approvisionner en pain à Louvrin pour le groupe des responsables scouts qui ne quittait l'Abbaye que lundi.

— Oui… mais… vous serez obligé de me reconduire après le temps de prière ?

— Douze kilomètres… ce n'est pas grand-chose ! Soyez rassurée, c'est important que vous puissiez venir prier avec nous, formula Marc, dans un sourire.

Sa voix était à la fois douce et ferme. Le moine voyait surtout ce prétexte comme l'occasion pour Valérie de renouer avec un éloignement temporaire de sa maison.

Elle vivait un réel traumatisme et il songea que nulle parole rassurante ne serait efficace. Sa manière de répéter les faits, ses mains crispées… Tout comme son collaborateur Frère Angély, Marc, fin psychologue, croyait à la vertu mesurée et progressive de l'action.

Valérie essuya furtivement une larme, visiblement touchée par la proposition. Enfermée et aux aguets depuis deux semaines, elle commençait à souffrir sérieusement. Elle accepta avec reconnaissance et se dit très contente de pouvoir retrouver ce temps de prière qui lui manquait beaucoup. Marc l'interrogea sur son entourage proche. Avait-elle des frères et sœurs ? Valérie lui apprit que, fille unique, elle n'avait plus aucune famille dans la région. Après le décès de ses parents, sa carrière de cuisinière à l'école des Lilas l'avait stabilisée à Louvrin, où elle avait pu acquérir cette maison. Une lointaine cousine y avait déjà vécu avant que d'autres propriétaires ne rénovent complètement le bâtiment. Ses relations se limitaient aux amies des clubs de tricot et de scrabble. L'équipe de l'école où elle avait travaillé n'était plus la même depuis sa mise en retraite et, sa plus proche collègue et amie, avait déménagé l'année dernière. Toutes deux célibataires, elles déjeunaient souvent ensemble auparavant ou faisaient des sorties au gré des saisons et des envies. Depuis son départ, la vie de Valérie s'était appauvrie malgré les coups de téléphone fréquents entre les deux amies.

Au passage dans la cuisine, Marc aperçut un ordinateur sur la table du salon : une sorte de boudoir avec son canapé miniature, son petit guidon, sa commode de poupée et quelques bouquets de fleurs séchées. Il encouragea Valérie à s'en servir pour se distraire.

— Oui, je fais des jeux et je regarde des documentaires… et puis, j'ai la télévision mais j'aime bien marcher et faire du vélo… avec ces ennuis, je me sens cloîtrée, vous comprenez, je n'ose plus sortir ! Je n'arrive même plus à lire… Avec mon amie, on avait projeté de se retrouver dans un mois à mi-chemin pour une semaine, mais vous pensez bien que je ne peux pas partir dans ces conditions…

Marc passa une main dans ses cheveux châtains ; ému, il mesurait le désarroi de Valérie et, après le refus de prendre au sérieux ses plaintes par la police municipale, elle ne se sentait plus pouvoir compter que sur elle-même. Cette spirale de la crainte ne pouvait durer.

— Vous êtes sûr que vous ne voulez rien boire ? J'ai du jus de fruits…

Marc accepta un verre et demanda à Valérie son numéro de téléphone. Avant de prendre congé, il serra longuement la main de Valérie qui avait retrouvé son sourire : enfin, elle n'était plus seule avec « ses ennuis » !

— À samedi alors, avec plaisir, Valérie !

Le teint clair de Marc, son regard bleu profond, ses cheveux sans aucune trace de blancheur et sa peau fine lui donnaient un air juvénile : souvent on lui donnait bien dix ans de moins que son âge, sinon plus… Un jour, un passant lui avait même demandé si Angély n'était pas son père et au monastère, en ces temps où les vocations étaient plus tardives, on le prenait régulièrement pour un novice !

Tout en faisant le plein d'essence, Marc réfléchissait aux « ennuis » de Valérie : avaient-ils seulement un lien entre eux ? Il espérait que revenir à Serreveille donnerait à l'infortunée priante la force et le courage de reprendre sa voiture et ses habitudes. Valérie lui avait laissé entendre que des clous pouvaient être semés dans la rue n'importe où : les trois visites de son garagiste lui avaient coûté cher. Elle n'était pas loin d'une phobie de la conduite.

De retour à Serreveille, Marc arriva au grand réfectoire alors que tous les frères étaient déjà attablés. Angély annonçait :

— Vous savez que cet après-midi, nous accueillons un étudiant de la faculté d'histoire pour des recherches à la bibliothèque. Son sujet porte sur la vie des juifs pendant la Seconde Guerre mondiale en région louvrinaise. Comme vous le savez, l'ancien Prieur de cette triste période a caché des juifs dans nos murs. Naël Portalier, c'est son nom, ne logera pas à l'hôtellerie, il m'a dit qu'il avait trouvé un gîte au hameau de Rozelière. Sa présence chez nous a pour but des recherches historiques, il m'a précisé qu'il n'était pas chrétien. Émilien, si tu veux bien rester avec Arsène à la bibliothèque pour piloter cet étudiant. Et… chers frères, je vous rassure, pour ne prendre aucun risque j'ai vérifié sérieusement l'identité de ce jeune homme avec sa photo sur internet ! Pas envie d'avoir une nouvelle « affaire Félix »[1] ! J'ai même téléphoné à la faculté, son directeur de mémoire m'a confirmé que c'est un étudiant qui fait une année de spécialisation supplémentaire.

— Il sera là tous les jours ? demanda Émilien soucieux d'organiser son emploi du temps.

— Je pense qu'une fois qu'il aura compris le classement de notre bibliothèque et des archives, on les lui laissera en accès libre… à voir s'il a besoin d'être accompagné. Arsène jugera… n'est-ce pas ?

Arsène approuva, grâce à ses récents appareils auditifs, il ne manquait plus aucune conversation : cela lui changeait la vie ! À quatre-vingt-quinze ans, même s'il suivait avec lenteur la vie communautaire, il restait le bibliothécaire en titre. Émilien, frère d'une quarantaine d'années qui avait fait des études littéraires, l'aidait pour classer et rechercher certains livres. Le doyen ne se risquait plus à monter à l'échelle qui bordait les rayonnages. Il y a cinq ans, après une chute, le frère infirmier Aymeric le lui avait formellement interdit !

---

[1] Voir le roman : L'Inespéré est toujours certain.

— Ah oui… j'ai une question !, demanda l'adjoint à la bibliothèque en relevant ses lunettes rectangulaires, Naël Portalier peut-il avoir accès aux correspondances du Prieur pendant la guerre ?

— Je n'y vois aucun inconvénient, n'est-ce pas Angély ? Nous sommes tout à fait sur la même longueur d'onde pour la transparence de toutes nos archives, y compris celles des correspondances du Prieur à cette époque. La confidentialité n'est plus de mise pour ce moment historique. S'il peut y trouver des éléments pour son mémoire… De toute façon, tout ce qui avait à trait à des personnes extérieures a été rendu à leurs propriétaires ou descendants : nous n'avons aucune lettre ou document qui serait à préserver pour cause de confidentialité impérative. Les documents qui nous ont été rendus par des correspondants du Frère François ont eu l'information de l'accès au public si besoin ; pour une telle période, cela semble normal.

— Entendu. Naël Portalier m'a bien précisé au téléphone que ses recherches ne portent que sur des faits concernant la cache des juifs. Il n'est absolument pas intéressé par le côté chrétien de l'Abbaye. Il a affirmé qu'il était complètement athée et ne recherchait rien de plus, la vie lui suffit telle quelle… conclut Émilien, un brin de déception dans la voix.

Les déjeuners n'étaient pas silencieux, les dîners, par contre, s'accompagnaient soit d'une lecture spirituelle, soit d'une musique classique ; avant le grand silence de la nuit, chacun des moines revenait au calme. Dès le début du printemps, la communauté aimait réintégrer la vaste salle historique voûtée au dallage impressionnant et au plafond cathédrale pour délaisser les quartiers d'hiver sans regret : des pièces plus petites, moins pratiques et beaucoup plus quelconques. Mi-mars, les frères retrouvaient ainsi un peu d'espace, de beauté et de renouveau après la froide saison même s'il fallait encore bien se couvrir.

Marc s'assit près d'Angély ; une salade composée l'attendait dans son assiette creuse. Il mit au courant son voisin des « ennuis de Valérie » et de sa proposition pour samedi. Angély approuva chaudement l'invitation et se questionna tout haut. Comme Marc, il ne voyait pas trop le lien entre les différents « méfaits » décrits et se disait soucieux de « l'enfermement » de Valérie. Quel pouvait être le mobile de tels actes isolés chez cette propriétaire habitant une modeste maison, ancienne cuisinière et certainement sans grandes économies ? Ils n'imaginaient pas non plus des querelles de voisinage avec une femme aussi discrète et sans histoires. Quelqu'un souhaitait-il la faire déménager pour acheter sa maison ?

— Après l'office, samedi, tu pourrais lui offrir de déjeuner avec nous ? proposa Angély, imaginant la solitude de Valérie.

— Vu son tempérament, je pense qu'elle serait impressionnée par une tablée d'une vingtaine de moines… Elle refusera, déjà qu'elle ne reste jamais aux apéritifs !

— Ou alors… tu l'invites seule dans la cuisine de l'hôtellerie, au calme. Cela lui ferait du bien de parler un peu, insista Angély.

— Bonne idée ! Je lui poserai la question après l'office, pas pendant le trajet. Si elle est timide, elle va refuser d'emblée et s'en fera tout un monde. Je trouverai bien un argument pour la convaincre. Tiens… c'est tout trouvé ! Lui demander des recettes de cuisine faciles et peu coûteuses pour la communauté ! Cela sera dans ses cordes, elle qui a fait la cuisine pour une collectivité pendant des années…

Les moines finissaient le dessert, un entremets à la vanille, quand on entendit des coups frappés à l'immense porte de bois massif du réfectoire. Angély se leva et d'un pas vif alla ouvrir. Un des responsables scouts, tout nouveau, ébloui par les offices de l'Abbaye (les chants et la musique le transportaient apparemment vers des sphères spirituelles inconnues !) désirait poursuivre son séjour et rester une semaine de plus pour une retraite personnelle. Après lui avoir demandé s'il acceptait les conditions de l'hébergement (qui incluait le silence) et la possibilité de dialogue avec un frère si besoin, Angély lui donna un accord de principe en précisant qu'il en parlerait au frère Séverin, hôtelier, et à son proche collaborateur, Marc.

Angély ne prenait jamais de décision seul, même pour ce genre de demande courante. Il souhaitait que chacun donne son avis.

À peine avait-il refermé la porte, qu'on entendit la sonnerie de l'accueil. Une petite voiture, ancienne et usée, s'était garée sur le parking près de l'église. L'étudiant attendu arrivait et Marc vint l'accueillir. Naël Portalier, grand et corpulent, donnait l'impression d'être plus âgé qu'un étudiant classique… ses cheveux bruns longs attachés sommairement et sa barbe en broussaille ne le rajeunissaient pas. Angély avait prévenu Marc qu'il avait vingt-huit ans. Vêtu simplement d'un jean et d'un sweat-shirt, un sac en bandoulière, il se présenta immédiatement.

— Bienvenue ! salua Marc, je vais vous conduire à la bibliothèque. Vous pourrez passer par la porte de l'hôtellerie, la prochaine fois, ce sera plus facile.

Naël Portalier, poli et silencieux, suivit Marc dans les couloirs. Pour le mettre à l'aise, celui-ci le questionna sur son trajet et ses recherches historiques, avant de le laisser patienter en attendant l'arrivée d'Arsène et d'Émilien à la bibliothèque.

De retour au réfectoire, sur la table de bois vernis, en finissant sa crème, Marc observait le téléphone portable d'Angély dont le vibreur discret s'était soudain actionné. On ne répondait habituellement aux appels qu'à partir de quartorze heures ; néanmoins, Marc, attentif, venait de reconnaître sur l'écran le numéro de Valérie ! L'ayant noté tout récemment, il l'avait encore en mémoire : sans hésiter, il décrocha.

CHAPITRE II

— C'est moi-même ! Que se passe-t-il Valérie ?

À l'autre bout du fil, la voix embarrassée continua :

— Désolée de vous déranger… alors que vous venez de passer… Figurez-vous que quelqu'un vient de sonner à ma porte ! J'avais les mains dans l'eau, le temps d'arriver… je croyais que vous aviez oublié de me dire quelque chose… j'ai ouvert… et là, personne !! J'ai regardé partout dans la rue… rien ! Je suis encore toute retournée…

— Valérie, je pense que ce doit être un enfant parti en courant, c'est l'heure de la rentrée de l'après-midi, sinon vous auriez aperçu quelqu'un.

— Vous croyez ?...

— J'en suis sûr.

— J'ai deux connaissances qui, quand elles viennent, passent toujours par la porte du jardin et le facteur frappe à la fenêtre de la cuisine, il sait que je n'aime pas la sonnette ! Là, je n'ai fait aucune commande et un livreur n'aurait pas pu se volatiliser en si peu de temps…

— Non, Valérie, c'est vraiment un enfant qui a dû appuyer en passant. Il faudrait débrancher votre sonnette… vous savez faire ?

— Euh… oui… vous croyez ?

— Oui, c'est primordial, vous ne serez plus dérangée et vos connaissances ne seront pas gênées. Maintenez votre tranquillité. Samedi, je frapperai à votre fenêtre.

— Je… je… vais le faire. Cela m'a fait taper le cœur vous comprenez, j'ai pensé à vous appeler… je suis tellement secouée ces derniers temps… excusez-moi…

— Vous avez très bien fait et surtout n'hésitez pas à me rappeler si besoin ! Notre téléphone est souvent sur répondeur, laissez-moi un message.

— Oh… merci ! Excusez-moi encore.

— On se voit après-demain, Valérie, à bientôt, restez bien en paix, vous n'êtes pas seule.

— Merci… merci, au revoir !

Au réfectoire, après le repas, tous les frères se levaient d'un même mouvement et après un bref chant d'action de grâces, chacun se dirigeait vers sa tâche de l'après-midi. Les deux doyens s'octroyaient un moment de sieste et les autres moines commençaient directement leur travail. Trois frères, à tour de rôle, s'occupaient de la vaisselle et du nettoyage du réfectoire. Angély et Marc se dirigeaient souvent ensemble vers leur bureau commun. Quotidiennement, il fallait régler les nombreuses tâches administratives, la gestion de l'atelier de confiserie, l'hôtellerie, les travaux en cours, les devis etc.

Ce jour-là, en s'installant à son ordinateur, Angély qui tenait la comptabilité du monastère et avait aussi la charge de la formation des deux novices, se réjouit en regardant Marc. De sa voix aux tonalités tantôt hautes, tantôt basses, avec des fins de phrases qui se terminaient par une esquisse de sourire, il confia à son collaborateur :

— Ce matin, Lorenzo a accepté de prendre des cours d'orgue avec Édouard, il a fait pas mal de piano auparavant. Je trouve que notre organiste se fatigue et il ne sera pas éternel. C'est trop juste.

Marc se déclara enchanté de l'initiative. Lorenzo, quarante-deux ans, ancien agent chargé des solidarités demeurait à l'Abbaye depuis presque un an après un changement radical de trajectoire. Il s'adaptait plutôt bien et cette nouvelle tâche, sans nul doute, enracinerait sa vocation. La musique élève l'âme, pensa Marc, regrettant de n'avoir pas plus de temps pour en écouter. Le travail commença. Dans le silence, à peine rompu par le bruit des touches sur les ordinateurs, quelqu'un frappa à la porte et fit sursauter Marc et Angély, concentrés sur leurs écrans :

— Entrez !

C'était Thierry, un moine svelte qui s'occupait de livrer les commandes de l'atelier de confiserie… Il venait de découvrir un pneu crevé à la Dacia !

— Ça alors ! s'exclama Marc, décidément !

— J'allais prendre la camionnette et j'ai vu le pneu arrière-gauche complètement à plat. Tu n'as rien remarqué en rentrant, Marc ?

— Absolument rien, aucun problème. On a de quoi le remplacer ?

— Oui, j'ai trois pneus en stock, je me demande si ce n'est pas l'usure. Le contrôle technique arrive à terme…

— Si tu le changes, est-ce que tu peux regarder si ce n'est pas un clou ? Et dans ce cas, le mettre de côté, s'il te plaît ?

— D'accord, je vais le faire tout de suite, si on a besoin de la voiture… Ce ne devrait pas être long.

Thierry ne s'attarda pas. Angély et Marc se regardèrent. La même interrogation les habitait. Ils se remirent au travail, distraits par l'évènement.

Alors que Christian - un moine présent depuis plus de vingt ans à Serreveille, très habile de ses mains - marchait vers l'atelier pour finir la restauration de plusieurs sièges d'extérieur, il entendit des pas précipités derrière lui.

— Pardon, vous travaillez à l'atelier ? J'ai vu que vous étiez bien équipé ! Je vais sans doute rester une semaine de plus ici après confirmation de votre supérieur, mais si vous avez deux à trois heures de travaux à me déléguer par jour… Cela me fera le plus grand bien, au lieu de marcher, je dépenserai utilement mon énergie…

— Hum…

— Désolé, je ne me suis pas présenté ! Yves Giliet… je suis un des responsables scouts, enfin je débute pour l'instant ! Nous allons bientôt reprendre la réunion mais comme je vous voyais passer…

Devant la proposition, Christian pensa immédiatement à l'herbe à couper : elle commençait à prendre de l'ampleur aux abords des bâtiments. Hervé et Sylvestre, chargés des espaces extérieurs, apprécieraient sûrement d'être secondés. Il promit à Yves Giliet de l'informer et le vit s'éloigner à grandes enjambées ; l'homme semblait avoir la cinquantaine, petit et corpulent mais plein d'énergie ! En ce début d'avril, l'hôtellerie ne tournait pas encore à plein régime et peu d'inscrits y figuraient pour les semaines à venir. La grosse saison commencerait en mai.

Après le passage de Thierry, le bureau se replongea dans une atmosphère studieuse et vers quinze heures, Marc se leva en s'étirant :

— Voilà ! Angély, j'ai terminé le traitement de tous les mails reçus, je t'ai laissé ceux qui concernent l'économat. Il faut que j'aille au scriptorium. La date d'échéance pour le texte avec enluminures qu'on m'a commandé se rapproche, je dois absolument m'y mettre au moins pour deux heures pleines. Après complies, j'irai faire de la marche rapide… trop de stations assises et de concentration, cela ne me vaut rien ! Tiens !… Pendant que j'y songe, pour ce soir je vais prendre des piles pour ma lampe frontale, elles sont déjà usées. La nuit tombe vite.

Marc se servit dans le tiroir de réserve et se dirigea vers ce qu'il appelait son « scriptorium », le nom ancien de la pièce où autrefois les moines copiaient des manuscrits. Il s'agissait en fait d'un bureau incliné, dans une petite pièce attenante à bibliothèque, bien éclairé par une fenêtre et une lampe inclinable. Là, Marc rassembla son attention pour ses gestes précis de calligraphe. Si les commandes se faisaient plus rares qu'autrefois, elles demandaient beaucoup de temps. Avec l'activité principale de confiserie qui employait deux salariés civils extérieurs, la reliure et la calligraphie complétaient les revenus de la communauté.

En prenant son encre, Marc, seul calligraphe du monastère s'appliqua sur un motif délicat à réaliser. Il lui vint soudain à l'esprit qu'il pourrait transmettre ses connaissances à Adrien, le deuxième novice du groupe, âgé de trente-huit ans. Puisque Lorenzo commençait des cours d'orgue avec Édouard, cela lui inspirait de faire de même pour l'art de la calligraphie avec Adrien, qu'il savait malheureusement déjà très occupé. Angély, maître des novices, insistait pour que les aspirants-moines ne soient pas surchargés de travail : le plus important était qu'ils puissent vivre leur vocation avec la formation et des temps de prière. Rentrer au monastère pour courir toute la journée comme dans une usine n'avait pas de sens. Marc pensa qu'une seule heure par semaine serait déjà une bonne initiation pour Adrien et qu'Angély accepterait certainement ce modeste démarrage. Ancien ébéniste d'art, le novice apprendrait vite et s'il était intéressé par ce travail long et minutieux, cela permettrait d'assurer la relève au monastère. Marc peinait à satisfaire, au moment des passages de touristes, des demandes parfois sophistiquées qu'on lui présentait sur des photos de téléphone portable. Il devait parfois refuser. Les clients, souvent fortunés et étrangers n'hésitaient pas devant les prix élevés des devis : cela permettait de bonnes rentrées d'argent. Et puis, il y avait le « courant » à maintenir : les cartes avec des versets bibliques calligraphiés proposés aux habitués. Marc tenait à assumer cette tâche, certes beaucoup moins rentable, en revanche chargé d'un sens chrétien ; elle révélait de belles phrases d'Évangile.

Adrien… futur calligraphe ? Cette idée donna du cœur à l'ouvrage au moine. Les bras bien calés et une loupe sur pied au-dessus de la feuille parchemin, Marc songea pourtant que deux autres nouvelles recrues ne seraient pas de trop pour le monastère ! Toutefois, les soucis d'un moine, se raisonna-t-il, ce n'était jamais la rentabilité mais la juste mesure pour vivre, simplement, chaque jour. Marc inspira lentement et, en répétant doucement intérieurement le nom de Jésus, il poursuivit sa minutieuse activité. Il n'avait pas encore œuvré une heure dans un grand silence qu'une irruption sonore le détourna de sa concentration : Yves Giliet faisait son entrée !

— Oh désolé… je viens juste chercher des « Nouveaux Testaments », je me suis trompé de porte ! On en manque pour le groupe et un de vos frères m'a dit d'en emprunter ! Lire sur les téléphones portables, c'est pas pratique !

— Sur la table à droite, en entrant par la porte suivante, si vous voulez bien noter sur le cahier l'emprunt, s'il vous plaît, prononça sobrement Marc, d'une voix presque chuchotée.

L'homme semblait vouloir continuer la conversation. L'attitude de Marc, avec sa voix murmurée et son prompt retour à l'ouvrage, l'en dissuada. Le moine savait qu'en situant lui-même son attitude, il permettait à son interlocuteur de faire de même ; le fameux effet miroir. S'interrompre pour entamer un dialogue, ce n'était pas le moment ! L'hôtellerie disposait d'un cahier pour que chacun puisse prendre rendez-vous avec un moine, s'il souhaitait un entretien personnel. Travailler dans le silence et la profondeur de l'âme restait un défi à maintenir sans pour autant nuire à la charité : une organisation bien rodée sauvait des écueils les réceptions soutenues de l'été.

Ce soir-là, le calligraphe se coucha satisfait, après une marche rapide dans le bois attenant à l'Abbaye avec sa lampe frontale ; son ouvrage avançait. Le lendemain dans l'après-midi, au bureau où Marc travaillait seul, la porte s'ouvrit tout à coup sans avertissement ; c'était Angély, le visage inquiet :

— Marc, viens vite ! Édouard a fait un malaise ! Et Aymeric est parti avec Thierry !

Aymeric, ancien infirmier dans le civil, répondait aux besoins courants de la communauté en matière de soins. En son absence, Marc qui avait tenu pendant quelques années l'infirmerie du monastère pour deux moines âgés décédés, connaissait les rudiments du métier.

— Quelqu'un a appelé le 15 ? demanda Marc en se levant promptement.

— Pas encore, on attend ton avis, Édouard a repris connaissance…

Les deux frères s'engouffrèrent dans le couloir qui donnait sur les chambres des moines : celle d'Édouard était ouverte.

— C'est Carlo qui l'a trouvé par terre… Il a réussi à l'aider à marcher jusqu'à son lit.

— Je vais chercher le tensiomètre et la trousse, décida Marc en courant dans l'autre aile du bâtiment.

Une baisse de tension ? Un début d'AVC ? Une hypoglycémie ? Une fracture ?…. à quatre-vingt-cinq ans tout était possible ! Marc réfléchissait tout en prenant le matériel à l'infirmerie. Dans sa chambre, Édouard, les yeux mi-clos, parlait à voix basse :

— Ça va aller… un coup de fatigue…

Pour ne pas laisser l'émotion l'envahir et pour raisonner posément, Marc fit un effort de concentration. Il exécuta plusieurs tests : Édouard n'avait aucun déficit apparent, pas de fièvre, la tension s'avérait un peu faible, la glycémie était correcte, aucune douleur ni restriction de mobilité. Carlo expliqua qu'Édouard avait marché normalement sans boiter. Édouard se souvenait d'avoir pris un vertige et de s'être réveillé quand Carlo l'avait trouvé, allongé sur le sol, pas très loin de sa porte de chambre, sans avoir eu la notion du temps. Il n'avait mal nulle part, il se sentait seulement fatigué.

— Édouard, il serait plus prudent de demander un avis médical. Voulez-vous que j'appelle un médecin ?

Marc, anxieux, souhaitait que quelqu'un de compétent puisse intervenir. Le moine alité tenta de se relever :

— Surtout pas ! Ne dérangez personne… un médecin… il n'y en a plus qui se déplacent même de Louvrin ! Non ! Je vais me reposer… demain, j'irai mieux…

— On pourrait essayer la maison médicale de Louvrin… ils ont une permanence… intervint Angély, ennuyé.

— Non ! Je reste dans mon lit. Je vais me reposer, affirma Édouard avec toute l'énergie qu'il lui restait.

Sans la venue de Carlo, Édouard aurait pu rester au sol longtemps. Angély et Marc hésitaient : passer à côté d'un problème plus sérieux serait grave. Édouard avait quand même un âge certain… Ils demandèrent à Carlo de rester dans la chambre et se concertèrent dans le couloir :

— Angély, j'ai envie de demander un avis médical en visio…

— Oh oui ! C'est le minimum à faire ! Je ne suis pas tranquille… je vais chercher mon ordinateur portable et m'installer ici jusqu'à ce qu'Aymeric rentre. Édouard me paraissait fatigué ces derniers temps…

— J'appelle depuis le bureau, décida Marc, inutile d'en parler à Édouard, tu le connais… Il va encore trouver que c'est une dépense inutile et s'y opposer ! J'ai noté les constantes et je suis sûr qu'il n'y a pas de fracture du col du fémur.

Carlo, le cuisinier en titre de la communauté, s'éclipsa, la mine désolée. À la cuisine, il avait commencé plusieurs cuissons et venait de faire un détour imprévu par sa chambre pour prendre un livre de recettes : la Providence faisait bien les choses ! Le médecin, joint par internet sur une plateforme en ligne, permit d'avoir immédiatement une ordonnance à imprimer pour une prise de sang très complète. L'analyse vérifierait si d'autres mesures à prendre s'avéreraient nécessaires. Avec Aymeric, ancien infirmier dans le civil, le prélèvement serait réalisé sur place et porté au laboratoire dans les plus brefs délais. Cela apaisa Angély et Marc qui savaient qu'Édouard, doté d'une solide santé et qui n'avait jamais souffert d'aucune pathologie sérieuse malgré son âge, serait difficile à soigner.

— Demain, les résultats pourront être envoyés au médecin de la maison médicale de Louvrin, chuchota Marc, s'approchant à pas de loup près d'Angély dans la chambre d'Édouard. Aymeric et Thierry rentrent dans trente minutes, je les ai eus au téléphone. Le laboratoire est ouvert jusqu'à dix-sept heures trente.

— Ne dérangez personne pour moi ! articula Édouard, depuis son lit en soulevant la tête.

— Ah ! Vous ne dormez pas ? ! Je croyais, excusez-moi… je disais à Angély qu'Aymeric viendra vous faire une prise de sang pour vérifier quelques bricoles et on vous portera votre souper ici, pour ce soir. Demain sera un autre jour, dit Marc avec douceur.

Édouard était un des seuls frères que l'on vouvoyait dans la communauté… tout comme son doyen, frère Arsène. Depuis son lit, tournant la tête et fixant avec bonté ses deux frères de ses yeux verts surmontés de fins sourcils blancs bien dessinés, Édouard remercia avec chaleur, soulagé.

En sortant, Marc passa par la cuisine où Carlo s'activait pour calmer son inquiétude :

— Mon Dieu, pourvu qu'il n'ait rien de grave ! s'exclama le frère d'origine italienne.

D'un tempérament délicat, Carlo n'imaginait pas la communauté sans Édouard… C'était lui qui l'avait accueilli à Serreveille lors de son arrivée à l'hôtellerie ; il y faisait halte, un peu par hasard. Édouard lui avait ouvert la porte ; il se souvenait encore de son accueil, de son visage, de son sourire. Ce frère organiste et chantre, aussi sensible que lui malgré son air extérieur déterminé, lui avait transmis tant de choses … Des phrases et des comportements de sagesse qui l'habitaient encore aujourd'hui. Carlo les avait d'ailleurs notés dans son psautier, et comme des socles de charrues, elles continuaient de jalonner son chemin, de baliser sa route. Depuis cette rencontre, le parcours de Carlo avait subitement bifurqué ; après plusieurs séjours à l'hôtellerie, il avait demandé à la communauté de faire un essai… Cela faisait déjà presque vingt-cinq ans !

Ému, Carlo, de ses mains fines tentait de préparer les légumes du dîner. Édouard devait absolument se remettre, on avait trop besoin de lui ! Pas très grand, avec des cheveux et yeux noirs, le cuisinier contenait mal son appréhension. Chaque évènement négatif qui se produisait autour de lui l'inondait en profondeur et cette grande sensibilité lui était à la fois un atout et un fardeau. Il ressentait tout dix fois plus fort que les autres et percevait finement les émotions et les ambiances. Parfois, quand la communauté se réunissait pour regarder les informations télévisées, Carlo fermait les yeux devant des images diffusées, trop douloureuses. Écouter lui suffisait amplement, voir était de trop. La plupart du temps, il suivait les nouvelles du monde par le résumé d'un journal écrit. Déstabilisé par la vision d'Édouard allongé au sol qui lui revenait en boucle à l'esprit, il résolut de commencer une neuvaine à Padre Pio et à saint Antoine de Padoue ; ses deux amis « privilégiés » du Ciel. En bon moine d'origine italienne, il pensait qu'il était utile de s'adresser autant à Dieu qu'à ses saints ! *Prier, c'est agir,* une maxime qu'Édouard répétait à l'envi. Et puis, un centenaire dans une communauté de moines à la vie bien réglée, mangeant une nourriture saine d'un jardin en culture biologique, cela n'était pas rare ! Arsène, le « second » doyen avait bien dépassé les quatre-vingt-quinze ans… Édouard n'était jamais malade… l'hiver, pas de grippe, pas de rhume. Carlo se rassurait comme il pouvait : ce frère aîné représentait presque un père pour lui et, tout moine qu'il était, il ne se sentait pas encore prêt à être orphelin, il fallait un délai ! Il savait qu'à son Dieu d'Amour, il pouvait tout exposer…

CHAPITRE III

Samedi arriva. La veille, les analyses de sang d'Édouard s'étaient montrées rassurantes et l'organiste consentait à ralentir son rythme pendant deux semaines sur l'ordre du médecin avec la complicité des frères. Les offices se passeraient d'orgue, ce n'était pas très grave. Carlo poursuivait ses neuvaines, le cœur plus léger.

À Louvrin, Valérie, prête très en avance, guettait derrière les rideaux la Dacia de Marc. Elle avait confectionné des gâteaux secs et les avait soigneusement placés dans une boîte en fer. Les moines agrémenteraient ainsi leur collation : c'était bien la moindre des choses que ce petit geste. Depuis deux jours, plus aucun désagrément ne s'était produit dans la maison de sa lointaine cousine Gilberte. Sans l'avoir connue, Valérie pensait à elle plus que d'ordinaire, sachant que ces murs l'avaient abritée. Elle avait ressorti une vieille photo du temps de la Deuxième Guerre où elle figurait et l'avait placée bien en évidence sur son buffet de cuisine. Sur cette vieille image jaunie, c'était comme une sœur qui veillait sur elle, bien qu'elle ne connaisse rien de cette branche éloignée de sa famille. Ses parents n'en parlaient jamais, il n'y avait pas de liens entre eux. Valérie regretta de ne s'être pas intéressée à Gilberte. Elle aurait dû poser des questions du vivant de sa parenté. Tellement occupée par son travail et l'entretien de son jardin, cela ne lui venait pas à l'esprit. La retraite lui donnait le temps de songer, avec regret, à ce qu'elle n'avait pas fait ou dit à ceux qui étaient déjà partis. Sa foi l'aidait à « réparer » ces manques ; par moments, elle parlait aux absents qu'elle aimait comme s'ils étaient assis dans sa cuisine, tout fort. Cela l'aidait beaucoup et trompait sa pesante solitude.

Marc toqua doucement à la fenêtre ; il fut soulagé de trouver Valérie paisible et enthousiaste. Pendant le court trajet jusqu'à Serreveille, il s'efforça de mieux connaître sa passagère et de l'encourager à oublier les ennuis de ces derniers jours :

— Valérie, il est temps de passer à autre chose ! dit-il tout en se garant devant l'église, avant de s'élancer vers la sacristie.

La fidèle priante assista avec bonheur à l'office sans s'étonner de ne pas entendre l'orgue : Marc l'avait prévenu. Valérie goûtait les mots et les mélodies plus que d'habitude ; chanter lui faisait grand bien ! Et ces secondes voix magnifiques des frères Christian et Angély, l'un en ténor, l'autre en basse qui résonnaient sous les voûtes… c'était céleste ! À la fin, quand son chauffeur vint lui proposer de déjeuner avec lui à l'hôtellerie pour se faire conseiller au sujet de recettes économiques de collectivité, détendue, en rougissant un peu, Valérie n'hésita pas :

— Si je peux rendre service…, acquiesça-t-elle en relevant la tête, plus grande tout à coup.

Ayant bien dépassé la soixantaine, elle demeurait dynamique et élégante avec son col de chemisier blanc qui dépassait d'un pull ajouré rose pâle. Valérie seconda Marc avec empressement pour installer les deux couverts sur la table en bois verni. La petite salle attenante à la cuisine, à l'opposé du réfectoire des hôtes, donnait une intimité bienvenue. Marc laissa la porte ouverte.

— J'espère que je ne dérange pas…

— Oh non ! On a toujours des restes, avec les passages à l'hôtellerie, on ne sait jamais quelle quantité prévoir et on fait toujours trop, rassura Marc ; enfin le groupe qui est là en ce moment, mange énormément de pain et de fromages sans épuiser les plats de légumes…

— À la cantine, on jetait souvent beaucoup trop… heureusement, ma collègue avait des poules pour les restes. Vous avez de quoi noter ?

— Euh… noter ?

— Oui ! Les recettes !

— Ah… bien sûr, j'ai un cahier par là… répondit Marc qui avait déjà presque oublié le motif de la rencontre !

Il tâcha d'interroger la cuisinière sur différents plats complets, sur des recettes de gâteaux et d'entremets, notant scrupuleusement pour les cuisiniers. Carlo fit quelques allers-retours dans la pièce et Valérie lui expliqua de vive voix ses conseils. Elle s'étonnait en elle-même ; malgré les années passées depuis sa retraite à ne cuisiner que pour elle seule, elle conservait encore tout bien en tête ! Les automatismes de collectivité à l'école revenaient dans sa mémoire, comme si elle y avait travaillé la veille !

Les cuisines de l'hôtellerie et celle du monastère étaient des espaces bien séparés. Les deux bâtiments communiquaient : un couloir permettait de rejoindre l'église par une porte latérale ainsi que la bibliothèque. Les normes d'hygiène très strictes pour recevoir des visiteurs avaient obligé les frères à mettre en conformité les lieux.

Cela avait occasionné de grosses dépenses et obligé à augmenter le prix des séjours. Du côté du monastère, tout était beaucoup plus simple, la cuisine gardait une âme au fil du temps, sans inox et pleines d'étagères, minutieusement étiquetées. On y décelait le passage des générations, même si tout était impeccablement propre et sans surcharge.

Marc proposait des fruits au sirop du verger à son invitée quand Yves Giliet arriva pour demander s'il y avait encore du pain !

— Je vous l'avais dit ! murmura Marc à Valérie en souriant.

L'homme apprit à Marc qu'il devait se rendre à Louvrin pour chercher des cigarettes :

— J'essaie d'arrêter ! Je n'en fume plus que quatre par jour et là, je n'en ai plus ! Cela m'angoisse… affreux ! Demain, c'est dimanche, tout sera fermé l'après-midi, je vais faire l'aller-retour à Louvrin avant la reprise des réunions du groupe…

Valérie releva la tête et demanda d'une voix hésitante :

— Monsieur… vous pourriez me déposer ? Cela éviterait à frère Marc de faire le trajet…

Yves Giliet répondit avec ardeur :

— Mais aucun problème, Madame ! Tout le plaisir sera pour moi d'être en heureuse compagnie !

Marc remercia et rendez-vous fut pris un quart d'heure plus tard, le temps du café ou de la boisson chaude, pour ce taxi inespéré.

— J'ai encore d'autres recettes qui pourraient vous être utiles : je vous les copierai sur l'ordinateur, ce sera plus lisible, enchaîna Valérie qui ne perdait pas de vue le but de sa visite.

— C'est très gentil à vous ! Merci encore… je passe vous prendre demain matin ?

Valérie hésita, elle ne voulait pas déranger un dimanche et cela ne pouvait devenir une habitude… en même temps elle avait bien envie de revenir !

— Et si je venais à vélo ? Demain, il devrait faire beau et pas trop froid d'après la météo, je pourrai vous imprimer déjà quelques recettes…

— Ce ne sera pas trop fatigant pour vous ? s'enquit Marc.

Le frère voyait là une avancée notable pour Valérie, cependant, faire vingt-quatre kilomètres d'un coup en terrain vallonné après deux semaines d'inactivité risquait de fatiguer la cycliste.

— Je l'ai déjà fait : j'irai doucement… avec des pauses, de toute façon dans les montées, je marche ! Tiens, je prendrai mon pique-nique, établit l'ancienne cuisinière, soudain tout à son programme.

— Si vous voulez déjeuner à l'hôtellerie… une personne de plus ou de moins !

— Non, c'est gentil à vous, j'en profiterai pour m'arrêter chez Marianne, une connaissance de club de scrabble, je dois lui rapporter un livre, c'est sur la route.

Marc se réjouissait : avec ce petit projet, Valérie renouait avec la vie ! Peut-être reprendrait-elle bientôt sa voiture ? Il n'en espérait déjà pas tant ! Son initiative du jour portait ses fruits et il se gardait bien d'évoquer d'autres éventualités de transport prématurées : Valérie ne se sentait pas prête à reprendre sa voiture pourtant, quitter sa maison ne lui faisait plus peur. L'efficacité était inattendue, il avait suffi d'amorcer le mouvement… Marc, content, remercia intérieurement le Ciel et prit ses clés pour aller garer la Dacia sous l'appentis couvert près des annexes de l'Abbaye, du côté de la vallée de la Tinbe, à l'Ouest du domaine. Thierry lui avait parlé du contrôle technique à réaliser sans tarder : le fameux pneu crevé n'avait révélé qu'une grande usure sans clou, sans doute un caillou pointu… les trois autres pneus seraient à remplacer sans tarder. Une dépense à prévoir car Thierry, prudent, ne souhaitait pas prendre sur la réserve de pièces détachées. Il faudrait informer Angély, l'économe en titre du monastère, qui tentait d'équilibrer les budgets à longueur d'année ; avec les paies des deux salariés de la confiserie, la trésorerie était parfois à flux tendu.

En retournant vers l'entrée de l'église, Marc aperçut Yves Giliet qui démarrait sans bruit dans une imposante voiture électrique blanche. À ses côtés, de sa main, Valérie étouffait un fou rire ! L'énergique chauffeur avait sans doute des talents d'humoriste et Valérie aurait de quoi raconter au téléphone à son ancienne amie de Louvrin… en deux jours, il s'en passait de nouvelles choses pour elle !

Au monastère, Aymeric, l'infirmier, passait toutes les deux heures dans la chambre d'Édouard : celui-ci insistait pour en sortir et manger au réfectoire, se sentant mieux. Le lendemain, le musicien, bien couvert, reviendrait s'attabler sans assister encore aux offices. L'église (pas très large mais haute avec son style gothique) restait encore froide malgré les résistances électriques que l'on avait placées judicieusement et que l'on allumait parcimonieusement. L'organiste travaillait de nouveaux chants sur son bureau de chambre, affinant les harmonies en fonction des voix de ses frères. Le malaise brutal ne paraissait lui avoir laissé aucune séquelle : le médecin n'avait prescrit que des compléments alimentaires.

Dimanche, lorsque Marc entra dans l'église en fin de matinée, la feuille des chants précisément annotée de recommandations préparée par Édouard à la main, il observa l'assemblée. Le groupe des responsables scouts vivait leur dernière journée en autonomie et n'assistait pas aux offices. Sur les premiers bancs, deux familles inconnues avec plusieurs enfants - sans doute de passage - et Valérie, les cheveux attachés, à sa place, tout à droite avec son casque de vélo déposé près d'elle, revêtue des couleurs vives d'une tenue sportive et ajustée qui la rajeunissait. Il y avait aussi Luce et Azélie, deux sœurs octogénaires et plus proches voisines du monastère qui venaient à pied, assez régulièrement (selon le temps) : elles avaient horreur des bancs et s'installaient sur les chaises un peu plus au fond, apportant leurs coussins (ceux des frères ne leur convenaient pas). Et puis Michel... qu'il aperçut derrière les deux premiers rangs de bancs... Michel... mais oui ! Comment n'avait-il pas pensé à lui téléphoner ? Ce veuf retraité venait régulièrement en voiture le dimanche ; n'habitant pas très loin de Louvrin, il aurait sûrement accepté de conduire Valérie.

« Tant pis », se dit Marc intérieurement, après avoir souri aux fidèles. Il se recueillit un instant en fermant les yeux (« toujours savoir pour qui et pour quoi l'on se trouve à l'église » était un de ses principes), avant de se concentrer sur la feuille d'Édouard. En son absence, c'est lui qui entonnait – ni trop haut ni trop bas – pour démarrer sans l'aide de l'orgue. Carlo, très bon musicien, se prenait d'angoisse tellement vite lorsqu'il était responsable de quelque chose en public que Marc, dont l'oreille absolue rendait service, s'était évidemment proposé d'emblée. Il savait que Carlo n'en n'aurait pas dormi de la nuit et aurait

répété les mélodies plus que de raison. Quant à Angély…
bon choriste avec une voix qui couvrait de nombreuses
octaves, il n'avait pas la grâce pour entonner… et avec lui,
on risquait des notes soit très aiguës soit trop graves… que
lui seul pouvait chanter !

L'office religieux se déroula sans fausse note,
recueilli, simple et beau, avec selon l'usage en cas
d'assemblée assez nombreuse mais pas trop, la proposition
d'un court partage d'Évangile rassemblant les fidèles après
la lecture, orchestrée par Angély. La règle était de dire
seulement une ou deux phrases chacun et de laisser une
minute de silence entre chaque intervention ; « Le temps
que les mots résonnent en soi », expliquait-il. Pas de
commentaires, pas de répliques, l'écoute et le silence, seuls.
Même les plus grands enfants des deux familles
s'exprimèrent. Angély conclut par des explications
bibliques. Il donna notamment un éclairage sur l'expression
« Ne pas mettre la lampe sous le boisseau » quand Jésus,
comme le rapporte Matthieu au chapitre 5 et aux versets 14
et 15 de son écrit, proclame à la foule qui l'écoutait : *Vous*
êtes la lumière du monde. Une ville située sur une
montagne ne peut pas être cachée ; et on n'allume pas une
lampe pour la mettre sous le boisseau, mais on la met sur
le chandelier, et elle éclaire tous ceux qui sont dans la
maison.

Angély développa ce qu'était « un boisseau », mot
dont bien peu de contemporains, deux mille ans après

l'époque du Christ, connaissaient la signification ! Il s'agissait d'un sceau de mesure pour le blé d'environ dix litres sous lequel une lampe s'éteindrait rapidement par manque d'oxygène et serait complètement invisible. Ainsi, acheva-t-il, la parabole disant l'Amour de Dieu qui, telle une lampe bien visible, constitue une source à partager, sans la cacher ni la garder pour soi. Il allait ajouter une ultime phrase de conclusion quand la chute d'un objet sur les dalles résonna longuement sous les voûtes et le fit s'interrompre ! L'un des plus petits enfants, s'était emparé du casque de cycliste d'un jaune attirant de Valérie sur le banc et n'arrivant pas à le tenir, l'avait fait ricocher… Angély demanda au petit « Guillaume » de lui apporter (sachant que les images restent plus volontiers dans la mémoire que les discours) : il montra, en prenant un lumignon près de la statue de « Notre Dame de la Confiance », ce que pouvait être « une lampe sous le boisseau » ! Valérie, attendrie, vint récupérer son bien sous l'œil attentif du petit Guillaume, retourné en hâte vers ses parents.

En soirée, après cette journée dominicale au franc soleil, alors qu'Aymeric sortait de chez l'organiste sans inquiétude pour regagner sa chambre, il emprunta le couloir perpendiculaire et crut distinguer dans la pénombre, tout au fond vers la fenêtre à peine éclairée, au sol, une forme. D'un geste prompt, il alluma avec le premier interrupteur trouvé et vit… Angély ! Il courut et se pencha :

— Angély ! Angély !

— Hum… hum… oui… répondit faiblement l'économe, comme réveillé en plein sommeil.

Il faisait visiblement un effort pour ouvrir les yeux, avant de crier :

— Aïe ! Oh là là ! Aïe !

— Angély !

Aymeric dut prendre sur lui pour retrouver ses réflexes d'infirmier. En même temps qu'il se remémorait son protocole, il appela d'une voix forte :

— Marc ! Marc !

Au bout du couloir, les chambres de Marc et Angély se faisaient face. Aussitôt, en pyjama, Marc sortit en trombe :

— Oh !… Angély, mais qu'est-ce qui t'arrive ?

— Va me chercher la trousse ! demanda Aymeric qui voyait Angély grimacer de douleur.

Marc s'élança jusqu'à l'infirmerie et quand il revint, Aymeric tenait à deux mains le poignet d'Angély :

— C'est sûrement une fracture…

— J'ai mal… dès que je veux bouger la main, articula faiblement Angély.

— Marc, il y a des attelles dans un carton sur le rayonnage du haut à l'infirmerie, tu y vas ? Apporte tout, s'il te plaît !

Troublé, Marc repartit en courant. Comment Angély avait-il pu tomber ? De sa chambre, il n'avait rien entendu, occupé à se brosser les dents…

Une fois le poignet bien immobilisé, Angély s'assit en s'appuyant sur son autre main et se cala contre le mur :

— C'est bizarre… j'ai le souvenir d'un brouillard tout d'un coup… et puis… plus rien !

Aymeric et Marc pensèrent la même chose : comme Édouard ! Ils prirent la tension d'Angély et vérifièrent tout ce qu'ils pouvaient… rien de notable ou d'alarmant : le responsable avait dû se retenir inconsciemment par son poignet droit et se fracturer un os en s'effondrant d'un coup de toute sa hauteur, lui qui dépassait le mètre quatre-vingt-dix !

— Il faudrait faire une radio… énonça Aymeric, assis sur ses talons, lissant machinalement une mèche de ses cheveux bruns.

— Je vais me rhabiller en vitesse, on t'emmène à la maison médicale de Louvrin, elle ne ferme qu'à vingt-deux heures trente. Dépêchons-nous ! décida Marc en regardant sa montre. Où est ton portefeuille ? Et tes papiers…

Angély, toujours étourdi et un peu courbé, avança au bras d'Aymeric jusqu'à la voiture. Marc se mit au volant pendant que ses deux frères s'installaient à l'arrière.

— Ça va ? Tu te sens comment ? s'inquiéta-t-il.

— À part mon poignet, ça va… j'ai mangé normalement ce soir, je me sens mieux déjà… tout à l'heure, j'étais comme dans du coton…

— C'est curieux, je ne t'ai pas entendu tomber…

— Oui, on n'a rien eu d'extraordinaire au dîner… je ne vois pas ce qui aurait pu causer une intoxication au point de te faire prendre un malaise, réfléchit Aymeric.

— Si j'ai un plâtre, ça va être pratique pour l'ordinateur ! Mince alors ! se plaignit Angély, qui retrouvait ses esprits et ses responsabilités.

— Ne t'inquiète pas… tu me dicteras ce qu'il y a à faire, rassura Marc, et puis ce n'est peut-être pas cassé ?

Les trois moines étaient partis en hâte sans prévenir quiconque : Aymeric avait son téléphone sur lui, il appela Christian, « le couche-tard » de Serreveille et le mit au courant :

— On risque de rentrer vers minuit, s'il y a de l'attente… inutile de réveiller les autres, on les préviendra demain matin. Si tu peux faire discrètement le tour des chambres pour vérifier que personne n'est malade ? On ne sait jamais, si c'est un genre d'intoxication alimentaire, appelle-moi en cas de besoin… Merci !

CHAPITRE IV

Une nouvelle semaine débutait. Attablée pour le petit déjeuner, la communauté découvrit avec surprise Angély, le poignet droit… plâtré ! Car c'était bien une fracture ! Les frères, dans l'attente des résultats de ses analyses de sang, demeuraient perplexes et inquiets.

— Il ne faudrait pas que tu retombes avec ce plâtre, essaie de marcher moins vite… prudence, prudence, conseilla Aymeric, vigilant, si jamais tu ressens comme un vertige, assieds-toi par terre sans réfléchir, où que tu sois !

— C'est curieux… personne d'autre n'a été malade cette nuit, s'interrogea Christian avec une moue dubitative.

— Tu manges tellement peu aussi, pour ta taille… tu dois avoir des carences, avança Marc, regardant son frère de ses yeux bleus attentifs.

Angély, maigre à faire peur et pourtant rarement malade, était réputé pour ne pas avoir un gros appétit et ses frères, le sachant, chargeaient toujours un peu plus ses portions.

— De toute façon, on recevra les résultats de ta prise de sang avant midi, assura Aymeric, ce sera déjà une indication. En attendant, Angély, collation obligatoire tous les jours !

— J'y veillerai, ajouta Carlo, faisant un clin d'œil au responsable.

Angély avait bien mal dormi malgré la prise d'antalgiques et après cette récente fracture, il se trouvait maladroit. Il devait apprendre à manger avec ce lourd plâtre au poignet droit qui lui bloquait les doigts jusqu'au milieu de la paume. Avec sollicitude, Marc découpa ses morceaux de tartine. Quand Angély voulut boire au bol, sa main gauche le trahit et il renversa le thé sur ses vêtements :

— Zut ! Ça commence !

Aymeric, qui l'avait aidé à s'habiller et se laver dans sa chambre, lui dit en riant :

— Tu veux me faire faire des heures supplémentaires ! Attention, c'est plus cher !

Marc ajouta, d'une voix qu'il s'efforçait de maintenir neutre pour ne pas trahir l'émotion qu'il ressentait :

— En tant que supérieur et en raison de ce handicap momentané, je t'ordonne d'aller dormir : tu n'as pas les yeux en face des trous ! Pas question de te voir au bureau, je noterai si j'ai des choses à voir avec toi. Tu vas apprendre à déléguer, mon cher frère…

Angély remercia. Il n'était pas dupe du ton étudié de Marc. Les deux responsables se connaissaient si bien. Lui-même s'inquiétait de cette chute inexpliquée sans vouloir le montrer, il attendait avec une certaine anxiété le résultat de ses analyses de sang. Tout pouvait être possible, à soixante-dix ans, même si on se sent en pleine forme… Un cancer peut-être ? Il n'osait penser à son éventuelle défection à la tête du groupe, déjà peu étoffé. Marc resterait seul pour administrer le monastère… Avec volonté, Angély emboîta le pas à Aymeric et s'efforça de couper court à ses ruminations. Une fois ses vêtements changés, allongé sur son lit, tourmenté, il fut incapable de trouver le sommeil.

Après l'office du matin, Yves Giliet, jovial, s'avança vers Marc :

— Votre collaborateur n'est pas malade au moins ? On le repère avec sa haute taille, son absence se remarque et sa voix nous manquait !

Marc l'informa de la fracture d'Angély sans s'étendre sur les circonstances. Il donna les indications pour rejoindre Hervé aux horaires de travail du jardin et rappela la consigne du silence, s'offrant de recevoir Yves Giliet s'il avait besoin d'un accompagnement personnalisé.

— Merci ! Je viendrai peut-être vous voir… j'ai entrepris plusieurs lectures et je ne sais pas trop quoi en penser ! En tout cas, j'espère bien sortir de cette semaine chez vous débarrassé du tabac ! C'est mon objectif : merci de vos prières !

Marc s'enferma dans le bureau, guettant le mail des résultats d'analyses : soucieux, il n'arrivait pas à avancer dans son travail. Cette chute inattendue en plein couloir était plus qu'étrange. Avec Angély, ils formaient un tandem essentiel à l'Abbaye ; Marc espérait fortement que rien ne viendrait perturber ce fonctionnement.

Plusieurs fois, le moine ouvrit fébrilement sa boîte de réception des mails, sans résultat : les analyses tardaient… était-ce mauvais signe ? Ce lundi lui parut interminable. La notion du temps est d'une telle variabilité selon nos émotions, pensa-t-il, en constatant son comportement nerveux. Marc s'efforça de « penser » cette variation et de se détendre. Enfin, vers quinze heures, une alerte sur son écran le prévint : promptement, il parcourut les pages envoyées par le laboratoire avant d'appeler Aymeric. Tous deux scrutèrent les chiffres : aucun n'apparaissait en gras ! Tout était absolument normal !

— Même pas de déficit en vitamine D !, s'exclama Aymeric, cela ne pouvait pas être plus parfait !

— Je suis rassuré, j'appréhendais…, confia Marc.

— Moi aussi, j'avoue… Imprime vite ! Je vais lui apporter dans sa chambre, cela va lui redonner le moral !

Aymeric, un des plus jeunes de la communauté avec ses trente-huit ans, avait travaillé de nombreuses années comme infirmier libéral dans la région. C'est en soignant les précédents doyens de Serreveille qu'il avait trouvé sa vocation. À l'Abbaye, l'ancien infirmier s'était senti chez lui. Il avait trouvé une fraternité et une famille, ses croyances religieuses s'étaient approfondies. Au-delà d'un sens à sa vie, de tiède chrétien il était passé à une vie unifiée, toute différente et bien plus dense que celle qu'il vivait alors. La richesse de sa vie intérieure avait tout changé. Le basculement s'était produit le jour du décès édifiant et paisible d'un de ses patients-moines ; touché au-delà de l'âme, Aymeric avait eu la certitude que sa place était là. Jusqu'alors, sa vague foi restait à la périphérie de son emploi du temps trépidant, désormais, elle en était devenue le centre. Depuis, Aymeric ne regrettait rien ; à Serreveille, il changeait de paradigme. Brun et svelte, l'ancien soignant conservait ses habitudes de sportif : il courait régulièrement dans les bois ou les chemins de terre alentour. Ses compétences rendaient un fier service au monastère.

Les feuilles en main quand Aymeric entra chez Angély, celui se leva tel un ressort :

— Quelle « levée de corps » ! s'amusa l'infirmier en riant.

— Alors ?

— Alors… tu as les analyses les plus parfaites qu'on puisse avoir, tout est plus que normal !

Angély se rassit dans un long soupir. Brusquement, il se sentait mieux, comme si un lourd poids lui avait été ôté des épaules :

— Merci, Seigneur, murmura-t-il, merci, Aymeric !

Angély, soudainement tout autre, discerna en lui une vague d'énergie qui le parcourait depuis les pieds jusqu'au sommet du crâne. De son pas vif, il retourna directement au bureau : une simple petite fracture n'allait pas bouleverser sa vie ! Marc l'accueillit dans une longue accolade silencieuse, la peur rétrospective incitait à son geste affectueux.

— Bon, ben… j'ai besoin de toi ! Tu tombes bien ! dit-il, heureux de retrouver ce frère à ses côtés, sans l'ombre d'une épée de Damoclès sur la tête.

— Oui… on a bien besoin d'être deux, souffla Angléy, immergé de reconnaissance.

Ce fut à l'office du soir auquel aucun tiers étranger à la communauté n'assistait, avant le grand silence de la nuit pendant que les moines chantaient le cantique de Siméon, que Thierry s'effondra d'un coup sur sa stalle dans un bruit sourd, la tête rejetée en arrière. Il ne tomba pas et, comme un seul homme, la communauté s'empressa autour de lui :

— Thierry ! Thierry !

Lentement et avec effort, le moine se réveilla après qu'on l'eut allongé au sol en lui soulevant les jambes.

— Tu as mal ?

Aymeric recommençait pour la troisième fois ses tests méticuleux. Thierry émergea, découvrant plusieurs visages penchés sur lui :

— Ça va… on dirait que je me suis endormi debout…

Ce troisième malaise parut vraiment suspect, il ne pouvait être une coïncidence ! Thierry se releva, fit quelques pas avant de s'asseoir. Il retrouva des couleurs. Aymeric, malgré la répétition étrange du phénomène, conseilla à Thierry de prendre un rendez-vous médical dès le lendemain. Il n'était pas question de banaliser cet épisode qui n'avait peut-être aucun lien avec les deux autres, qui sait ? Un bon soignant doit garder le doute sur des conclusions trop évidentes.

— Heureusement, que j'ai pu m'assoir… j'ai souvenir d'une sorte de vertige, balbutia Thierry, dont le corps élancé retrouvait ses mouvements ; si cela m'était arrivé à vélo ! En pleine descente... je n'ose même pas y penser !

Thierry prenait souvent le temps de faire une demi-heure de ce sport par jour. Ancien cycliste, il aimait affronter les éléments, été comme hiver. Le dimanche, il partait parfois pour plusieurs heures. C'était le gage de son équilibre. Son visage au nez court et aux yeux allongés de couleur noisette retrouva sa vivacité sous l'éclairage de l'église. Après un silence, réunis près des stalles de droite, les moines décidèrent de faire analyser l'eau que l'Abbaye buvait depuis des décennies, provenant d'un puits du domaine. Régulièrement, elle faisait l'objet d'examens sans n'avoir jamais montré la moindre défaillance. Gratuite, cette eau de source permettait une bonne économie. De mémoire de moines, il n'y avait jamais eu de pollution. Toutes les cultures du domaine se faisaient sans aucun pesticide. Angély répéta, le regard perdu dans le vague :

— L'eau… je ne vois que ça… la rivière Tinbe n'est pas polluée… le domaine est en amont et éloigné, notre nappe phréatique n'en provient pas…

Carlo, très affecté par le malaise de Thierry, fila à la réserve, tout près de la cuisine, pour rapporter trois packs d'eau minérale.

— Il va falloir prévenir l'hôtellerie immédiatement !... En attendant les prochains résultats, conclut Marc, dérouté et ne sachant que penser.

— Je vais imprimer des avis et les afficher sur les tables et sur les éviers de tout le bâtiment. Qui se charge d'aller frapper à chaque porte et de donner une bouteille d'eau pour ce soir ? Le groupe part demain matin, ce n'est pas plus mal ! déclara Angély.

Lyam (un moine ayant des origines irlandaises) et Séverin, le frère hôtelier, se proposèrent. Ils se répartirent les couloirs pour frapper aux portes.

— Demain, j'irai faire du stock à Louvrin. On calculera combien il faut de bouteilles, proposa Christian, dont les réflexes d'action caractérisaient le tempérament.

— Oui, j'irai avec toi. Le mieux sera de ne pas dévaliser le même magasin et d'acheter dans les trois supermarchés, ajouta James, un frère un peu moins âgé que Marc, venu à Serreville après quelques années de travail en pâtisserie.

— C'est tout de même fort surprenant, je n'ai jamais connu de problème avec l'eau à Serreveille, articula Arsène, pensif, refermant sur lui son gilet de laine.

À quatre-vingt-quinze ans, un malaise aurait pu avoir de sérieuses conséquences pour lui ! Plusieurs y pensèrent avec crainte sans oser le formuler. Lentement, les uns derrière les autres, silencieux, les moines quittèrent l'église. L'incertitude régnerait tant que l'on n'aurait pas trouvé la cause de ces chutes inopinées. Chacun des moines, une bouteille d'eau sous le bras, troublé et gagné par l'appréhension, retrouva le silence de la nuit.

CHAPITRE V

Mardi matin, Yves Giliet, volubile et en pleine forme, demanda plusieurs bouteilles d'eau à Carlo :

— Je bois beaucoup ! C'est pas de chance ! J'espère que vous n'aurez pas de mauvais résultats avec les analyses…

Marc s'était bien gardé de lui dire qu'un troisième frère avait été victime d'un malaise. L'homme semblait si peu discret qu'il n'avait pas envie qu'une rumeur atteigne toute la région de Louvrin et stigmatise le monastère ! Au moment du déjeuner dans le grand réfectoire, Hervé ne tarit pas d'éloges sur son nouvel « employé » au jardinage :

— On peut dire qu'il dépote ! Ce matin, en deux heures, il a abattu un travail ! C'est incroyable, quand on le voit, il ne paraît pas… je pense qu'avec lui, on va solder pas mal de travaux cette semaine. Et il descend les bouteilles d'eau à une allure ! Cependant, je vois que le silence lui coûte ! Il commence une phrase et puis s'arrête en disant « Oh excusez-moi ! »… le pauvre…

La communauté fut particulièrement attentive à Édouard, Thierry et Angély. Ils paraissaient comme à l'accoutumée ; tous trois avaient dormi et mangeaient normalement, sans trace de fatigue ou de douleur particulière. Progressivement, Angély intégrait de nouveaux gestes avec son poignet droit plâtré en se forçant à plus de lenteur. Sa main gauche lui parut disposer de nouvelles fonctionnalités jusqu'alors inusitées ! Repenser chaque mouvement, ralentir son rythme demandaient de l'attention ; la patience avec soi-même que conseillait François de Sales, prenait là tout son sens. Angély songea à tous ceux qui, empêchés dans leur motricité, dépendent des autres au quotidien. L'éprouver lui-même, incarnait différemment sa prière pour eux. Aymeric l'aidait pour sa toilette avec diligence. Angély prit la résolution d'être attentif, d'une façon inconditionnelle, aux besoins d'autrui : chaque personne rencontrée, chaque jour…

Le repas préparé par Carlo, assisté de James, se composait de légumes en julienne et d'œufs-cocottes. Marc demeurait silencieux : le passage d'un expert du service des eaux, qui avait prélevé des échantillons à plusieurs endroits, occupait son esprit. Le professionnel avait promis des analyses rapides. Dès l'aube, James et Pierre avaient fait un tour complet du domaine sans trouver la moindre anomalie. La dalle de la source, fermée par un cadenas, n'avait pas été touchée : les herbes alentour ne révélaient aucune trace de pas. Tout était parfaitement habituel du petit bois jusqu'au grand champ en passant par le verger et le potager.

Au moment du fromage, Angély qui constatait que son bras gauche avait beaucoup moins de force que le droit en soulevant une bouteille d'eau minérale, se souvint soudainement du jeune étudiant :

— Au fait, Arsène et Émilien, comment ça va avec Naël à la bibliothèque ?

— Monsieur Portalier souhaite surtout consulter les archives du temps de la guerre, répondit Arsène, laconique.

Le bibliothécaire n'en dit pas plus, contrairement à son habitude. Précis et prolixe, il apportait souvent des détails avec un langage d'autrefois que beaucoup aimaient entendre… c'était comme une page d'histoire dans la communauté !

Son aide-bibliothécaire Émilien, étonné, releva la tête de son assiette et compléta :

— Oui, son sujet de mémoire porte sur les juifs cachés dans la région, certains n'auraient pas été encore répertoriés. Je trouve cela étonnant mais bon… Il est plutôt discret et épluche scrupuleusement chaque document. La cérémonie élevant au rang de juste le Frère François avait mobilisé pléthore de journalistes, il a déjà de quoi faire avec tous les articles. Il apporte son pique-nique et ne veut pas manger à l'hôtellerie.

— Je recherche une carte détaillée du secteur qu'avait faite l'ancien Prieur, je n'ai pu encore la retrouver, ajouta Arsène, soucieux de donner le plus d'éléments au chercheur.

Émilien, un littéraire longiligne à lunettes d'un mètre quatre-vingt, avait trouvé sa place à la bibliothèque avec Arsène. Il s'occupait également de l'entretien des intérieurs communs, couloirs et escaliers. L'ouvrage ne manquait pas. Quand il avait fini d'un côté, il était temps de recommencer de l'autre. Pour les gros nettoyages, les plafonds notamment, deux fois par an, Lyam et Pierre le secondaient. Ordinairement, ces deux frères, presque du même âge, cinquante-deux et cinquante-trois ans, travaillaient à la confiserie artisanale avec les deux salariés civils. Ce travail très prenant, occupait tous leurs moments disponibles, en dépit de la semi-automatisation de l'atelier. Il arrivait que James remplace l'un ou l'autre, quand cela était nécessaire. Les commandes de confiserie, aux formes et parfums variés, restaient stables. Se conservant bien, les produits stockés pendant toute l'année s'évaporaient au moment des fêtes où les ventes explosaient. En hiver, Carlo et James l'ancien pâtissier, cherchaient quelques recettes pour des nouveautés à mettre sur le marché. On essayait pendant un an la nouvelle formule et si le produit ne se vendait pas suffisamment, on le retirait. Les pâtes de fruits et les bonbons aux essences naturelles, valeurs sûres, constituaient le gros des volumes avec les sirops.

Pour préparer les commandes, Aymeric constituait des paquets calibrés et emballés avec soin. Les ventes s'effectuaient par internet et mêmes si des clients réguliers de la région se servaient à l'Abbaye, l'expédition à l'étranger prenait de plus en plus de volume. Thierry réceptionnait sur ordinateur les bons et effectuait les livraisons avec la fourgonnette chez un transporteur de Louvrin. Pour les particuliers, les services de La Poste suffisaient. De nouveaux lieux d'expédition apparaissaient par vagues au Japon ou en Chine, et même à Dubaï ! Il fallait parfois augmenter les cadences. L'image du produit français monastique de qualité se répandait, on ne sait par quelle voie ou algorithme… Heureusement, Bruno qui se nommait lui-même « le bouche-trou principal » de la communauté, amortissait les fluctuations en venant se joindre à l'atelier ou au service d'expédition. La quarantaine très active, il sauvait bien des fois la situation !

La lingerie employait deux moines dont la santé restait fragile, ils allaient à leur rythme, c'étaient Laurent et Benoît. Tous deux réparaient et confectionnaient eux-mêmes les tenues en drap bleu marine qu'ils teintaient avec un colorant naturel. Sans compter les réparations et l'entretien du quotidien en plus du lavage des draps tous les quinze jours, la lingerie ne chômait pas. Carlo, cuisinier principal, bénéficiait de l'aide d'un ou deux frères pour les épluchages, les rôles tournaient. Souvent James ou Séverin le secondaient, tous deux veillaient également à la propreté de l'hôtellerie et à la préparation des chambres. L'été, le bâtiment ne désemplissait pas, il fallait assumer les repas faits maison avec les produits du potager d'Hervé et Sylvestre, les deux jardiniers.

Et pour terminer ce groupe de vingt personnes sans compter les deux novices Adrien et Lorenzo, il y avait les deux fameux « sages-rangeurs », comme on les appelait avec humour ! En fait, Côme et Stéphane, respectivement quarante-sept et soixante-douze ans, assuraient l'animation spirituelle de l'Abbaye. Ils proposaient un accompagnement spirituel à qui le désirait ou des retraites à la carte, en présence, par correspondance ou en visio. Côme, ancien professeur de philosophie, avait aussi une formation de psychologie. Stéphane, théologien spécialiste de François de Sales, écrivait en grand secret sous le pseudonyme de « Jean-Pascal Fabre » des ouvrages de spiritualité qui connaissaient un grand succès. Seuls son éditeur et ses frères connaissaient sa secrète activité ;

Stéphane ne voulait aucune publicité ou exposition médiatique. Il était moine avant tout et désirait garder sa vocation de prière sans être éclaboussé par le vacarme du monde ou les vaines tentations du paraître. Cela, non par confort personnel mais parce qu'il avait la conviction d'être plus utile et plus efficace ainsi, à sa place, avec ce statut d'inconnu. Quand des visiteurs lui parlaient innocemment de ses livres, il se bornait à répondre sans sourciller : « Oui, c'est un très bon auteur ! ».

Toutefois, comme tout bon moine, Côme et Stéphane travaillaient aussi de leur mains, pour garder les pieds sur terre : « Les rangeurs » effectuaient régulièrement les inventaires dans chaque partie de l'Abbaye : du poulailler aux ateliers, de la buanderie à la cuisine, du garage aux matériels de jardin, de la lingerie à l'église… S'il fallait remplacer, réparer ou acheter, les deux frères le signalaient. Un monastère bien rangé, sans perte ni gaspillage, permettait de vivre au plus juste, sans dépenses inutiles. En ce début d'avril, les « sages-rangeurs » s'étaient lancés dans la réédition des carnets de chants, avec l'aide d'Édouard. Les anciens livrets tombaient en lambeaux et on ne comptait plus les feuillets ajoutés qui s'en détachaient. Stéphane, très pris par des lecteurs qui lui écrivaient par le biais de son éditeur, passait également beaucoup de son temps à répondre aux correspondances que suscitaient ses livres, véritables best-sellers de l'époque. Les médias s'interrogeaient fréquemment sur l'identité de ce mystérieux « Jean-Pascal Fabre »… La paix de l'auteur à succès et de ses frères à Serreveille tenait à cet anonymat. Stéphane allait bientôt terminer son dixième livre.

Ordinairement, quand un visiteur de l'Abbaye sollicitait une rencontre avec un moine, Marc et Angély « filtraient » en première intention dans une rencontre initiale. Ensuite, ils parlaient à Côme et Stéphane, selon les cas, pour savoir si ceux-ci pouvaient recevoir les personnes concernées. Grâce à toute cette organisation bien huilée, la communauté vivait un réel équilibre et une sérénité se dégageait du groupe. Pour autant, rien ne restait figé et, chaque année en janvier, on s'interrogeait sur la répartition des rôles et des tâches pour en changer si besoin. Personne n'était propriétaire de rien : seulement bon intendant de ses talents au service de tous. Il s'avérait parfois salutaire de se renouveler.

Serreveille se distinguait par une autre spécificité en accord avec l'humilité et la fraternité : nul titre de « père » en référence à la parole de Jésus au chapitre 23 de l'Évangile de Matthieu : *Et ne donne à personne sur la terre le nom de père ; car seul est votre Père, celui qui est dans les cieux.* On se nommait « frère », sans aucun autre titre de hiérarchie. Dans ces relations simples, les titres n'avaient pas d'utilité, on se savait à égalité, en « tenue de service les uns pour les autres », comme disait Jésus. Cette atmosphère avait séduit Aymeric, Serreveille vivait une vraie fraternité, un trésor si rare dans une société vivant au rythme de la compétition et des comparaisons. Angély et Marc assumaient les responsabilités avec un tel tact et un tel à-propos que leur autorité, loin d'être pesante, se vivait elle aussi comme un service. Chaque moine mesurait la qualité des relations du groupe et les deux novices avouaient que cet aspect les avait attirés là plutôt qu'ailleurs. Ce trésor demandait vigilance et persévérance pour durer au quotidien, c'était la responsabilité de tous.

Mercredi, en fin de matinée, Angély arriva en retard à l'office à cause d'un téléphone du service des eaux. Valérie, conduite par Yves Giliet qui lui avait proposé de l'emmener, se trouvait à sa place, tout heureuse d'avoir pu venir. Dimanche, le fameux trajet à vélo lui avait paru long et fatigant. Elle avait perdu son entraînement et pensait s'y remettre progressivement. Yves Giliet, ravie de pouvoir parler sans restriction à quelqu'un, lui avait expliqué qu'il profiterait de son passage à Louvrin pour acheter des cartes postales :

— Si je ne fais pas mon courrier cette semaine, c'est à désespérer ! avait-il proclamé haut et fort, éclatant d'un rire retentissant.

Valérie n'avait eu qu'à écouter son chauffeur sans avoir à trouver de sujet de conversation ! Sans rien demander, elle fut mise au courant de l'éventuelle pollution de l'eau et n'allait pas tarder à en connaître l'issue : à la fin de l'office de ce mercredi, Angély prit la parole pour annoncer que l'eau courante du monastère était tout à fait potable, de fines analyses le confirmaient formellement. Désormais, on pouvait donc boire l'eau du robinet. C'était une bonne nouvelle et pourtant, les interrogations sur les trois malaises demeuraient et une ombre d'incertitude planait sur la communauté. Était-ce un virus à l'action éclair qui sévissait ? Depuis dimanche soir, aucun autre incident ne s'était produit. Personne n'avait de fièvre, Aymeric avait vérifié avec son appareil. Les frères se regardèrent, ne sachant que penser.

Dans le doute, Aymeric crut bon de remettre en service les gels hydro-alcooliques à l'entrée de l'église et il rappela à ses frères les consignes d'hygiène des mains. Émilien et Séverin se proposèrent de passer au produit les poignées de portes. Le mystère des chutes restait entier…

CHAPITRE VI

Jeudi, le temps était maussade avec une pluie fine persistante et Valérie Chantemet arriva bien en avance à Serreveille… avec sa voiture ! Dehors, Marc l'aperçut et la félicita. Elle répondit, tout sourire :

— Figurez-vous que depuis votre venue à Louvrin, je n'ai plus eu un seul problème ! Ce n'est pas une vie de rester cloîtrée chez soi… je reprends mes activités. Monsieur Giliet m'a proposé de me conduire, vous pensez bien que je ne vais pas le mobiliser à chaque fois que je veux sortir ! Je prends simplement la précaution de rentrer ma voiture au garage…

Un peu plus loin, sur le parking, sous un parapluie géant qu'il tenait à bout de bras, Yves Giliet abritait maladroitement Naël Portalier. Le bavard s'en donnait à cœur joie et l'étudiant courbait sa haute taille pour écouter poliment. À vrai dire, Yves Giliet ne laissait personne en vue sans l'aborder ! L'étudiant avait des horaires irréguliers… Il arrivait parfois assez tard, sans doute avait-il du mal à se réveiller ! Au passage, Marc ne put éviter le prolixe hôte qui l'apostropha :

— Tout va bien alors… ? Cette eau, cela a dû vous faire du souci ! Le frère Séverin m'a dit que vous attendiez de nouveaux arrivants à l'hôtellerie ? Ils faisaient les chambres…

— Oui, trois personnes viennent faire des retraites individuelles et arrivent demain matin, vendredi, renseigna Marc.

— Moi, j'en suis à la moitié de ma semaine, je compte les jours, vous pensez !…. avec l'arrêt du tabac, c'est quelque chose ! Heureusement que votre frère Hervé me donne du travail, ça me détend les nerfs ! Le p'tit jeune qui fait des études d'histoire à trouver à se loger au hameau de Rozelière… Moi, je préfère être chez vous, sur place avec les offices, je me sens moins seul…

— Excusez-moi de vous prévenir, je crois que les trois personnes qui vont arriver à l'hôtellerie apprécient le silence pour leur retraite, si vous pouvez éviter de leur parler en dehors des repas… conseilla Marc, prévoyant et psychologue.

— D'accord ! J'en prends bonne note… Cet après-midi, j'irai faire un tour à Louvrin, avec cette pluie… l'autre jour, j'ai rencontré un monsieur très sympathique au bureau de tabac, il m'a invité à boire quelque chose. C'est un estivant qui visite la région…

— Très bien ! À plus tard, coupa aimablement Marc, voyant l'heure de la prière arriver.

À la fin du déjeuner, Angély réquisitionna son collaborateur :

— Marc, si tu peux me donner un coup de main pour remplir les tableaux de la comptabilité et pour les paies ; la souris de la main gauche, je n'y arrive vraiment pas !

— Bien sûr ! On s'y mettra tout de suite et je ferai le reste après…

Le vibreur du téléphone interrompit la conversation :

— Allô, oui ?… Pas de problème, il est à côté de moi, je vous le passe !

C'était Valérie Chantemet qui voulait joindre Marc. Très secouée, elle venait d'arriver chez elle et de retrouver sur les trois marches donnant sur son jardin d'autres ordures :

— Moi qui vous disais ce matin que tout allait bien…

— Valérie, il est important de continuer à sortir, ne restez pas enfermée chez vous ! Ce plaisantin va bien s'arrêter un jour… Il va se lasser. Quand pensez-vous revenir à Serreveille ?

— J'avais pensé venir samedi, après-demain… avança Valérie, la voix mal assurée.

— Alors, venez ! Demain, j'ai une course à faire à Louvrin, je passerai en vitesse avant midi pour vous saluer, décida Marc, d'une voix ferme et rassurante.

L'ancienne cuisinière remercia avant de raccrocher. Marc se félicita d'avoir réussi à la persuader ; elle acceptait de poursuivre ses activités extérieures.

La journée de jeudi fut presque ordinaire, chacun vaquait à sa tâche jusqu'au moment où Carlo, après avoir laissé le chariot de collation dans le réfectoire pour certains frères vers seize heures, entende un bruit retentissant ! Sylvestre, en tenue de jardinier, venait de s'effondrer au sol ! Le bruit de son verre cassé sur le dallage résonna avec intensité sous le haut plafond et Carlo, complètement paniqué, alerta en criant dans les couloirs :

— Aymeric ! Marc !

La « presque routine » se mit en branle, Sylvestre avait une bosse derrière la tête : on appliqua de la glace. Il ne voulut pas faire d'examen ni aller à Louvrin :

— C'est rien ! Ce sera comme pour les autres… j'arrête le jardin pour aujourd'hui…

Cette fois-ci, Marc et Angély décidèrent de téléphoner au frère d'Émilien, médecin dans le Nord, pour lui demander conseil. Ils se trouvaient démunis, le doute et désarroi s'emparaient de la communauté ; ces malaises inexpliqués à répétition devenaient plus qu'angoissants. Les deux collaborateurs passèrent presque deux heures au téléphone, appelant même le centre antipoison. Le service des eaux les rappela et leur donna le contact d'un professionnel spécialisé dans les problèmes de pollution intérieure. La communauté, face à l'urgence de la situation, obtint avec difficulté un rendez-vous pour le lendemain, afin d'inspecter l'ensemble du monastère.

Le crépuscule tomba dans une ambiance lourde ; l'Abbaye dont le clocher se découpait dans un ciel à peine rougeoyant, se préparait à une nuit pleine d'interrogations ; chacun se demandait qui serait le prochain à subir une chute, quand et comment… l'effroi des conséquences… l'appréhension d'un décès…

La communauté se raccrochait à la venue du spécialiste et attendait avec impatience son passage. Il débarqua vendredi vers dix heures. C'était un homme d'une cinquantaine d'années, déjà presque chauve, ayant une formation d'ingénieur. Accompagné par Christian, revêtu comme lui d'une combinaison étanche qu'il lui prêta et d'un masque, ils firent plusieurs prélèvements dans les tuyaux des pièces où chaque frère était tombé. L'homme déclina l'invitation à déjeuner et repartit en ville vers treize heures avant de se remettre au travail dès quatorze heures, avec plusieurs appareils et un ordinateur portable, prévenant les frères qu'il pouvait se débrouiller seul. Il passa dans toutes les pièces et s'attarda dans l'église en brandissant une sorte de détecteur en plusieurs points. En fin de journée, Angély, toujours soucieux le questionna :

— Vous avez trouvé quelque chose ?

— D'après les relevés aux résultats immédiats, je n'ai rien trouvé d'anormal. Après, il va falloir attendre les réponses du laboratoire pour les prélèvements faits. Je n'ai pas pu tout examiner… je repasserai demain dans la matinée. Plusieurs échantillons près des stalles et de l'autel, où vous vous rassemblez, doivent être prélevés.

— Vous pensez que ce peut être… grave ?

— Je ne peux rien vous affirmer avant les analyses, je suis désolé. Ce matin avec votre collaborateur, nous n'avons trouvé aucun résidu de gaz dans les caves. Il aurait pu s'agir d'une évacuation d'un métal toxique à l'état gazeux et volatil, c'est extrêmement rare, mais j'ai vérifié.

En ce vendredi, Marc, comme il l'avait promis, s'était arrêté en coup de vent chez Valérie. Celle-ci n'avait rien eu à déplorer et le frère s'était borné à l'encourager à ne pas se mettre martel en tête. Il était revenu avec une boîte de biscuits que l'ancienne cuisinière avait pris plaisir à préparer. Yves Giliet avait évidemment remarqué la camionnette du spécialiste en pollution et questionné Marc :

— On fait des vérifications, après cette alerte avec l'eau, c'est plus prudent s'était borné à dire le frère, laconiquement.

Samedi matin, Valérie était bien présente à l'office qui se déroulait exceptionnellement dans l'oratoire d'hiver, pour laisser le champ libre aux prélèvements dans l'église. Ils se terminèrent peu après douze heures et les frères n'eurent plus qu'à prier en attendant les résultats. Les trois nouveaux arrivants de l'hôtellerie prenaient leurs marques et chantèrent avec ferveur, n'ayant aucune idée des soucis qui secouaient la communauté. Évidemment, Yves Giliet les avait déjà mis au courant de l'épisode avec l'eau mais il ne savait rien de plus.

Jusqu'au dimanche, aucune chute ne fut à déplorer. Imperceptiblement, les moines commençaient à se détendre. Les analyses livreraient leur secret en début de semaine, en attendant, chacun s'efforçait, sur les conseils de Côme, de ne pas laisser aller son imagination. En bon psychologue, celui-ci prononçait de petites phrases réconfortantes à chaque repas. Carlo ne pouvait s'empêcher de concevoir des scénarios catastrophes et vint plusieurs fois converser avec Angély : et s'il fallait quitter l'Abbaye, où irait-on ? Et si la communauté avait été empoisonnée depuis des années par on ne sait quelle substance ? Et si… Angély le rassurait à chaque fois, l'exhortant à la patience et à la confiance.

Pour ce dernier repas dominical à Serreveille, Yves Giliet avait été invité à manger en compagnie des frères au réfectoire. Il avait distrait les esprits par de multiples et bruyantes anecdotes qui résonnaient sous le plafond cathédrale ! Enchanté de son séjour, il offrit à la communauté deux boîtes de chocolats fins et prononça un petit discours, debout :

— Chers frères, je voulais tous vous remercier… j'ai passé deux semaines inoubliables ici ! Et le mot n'est pas trop fort ! Je repars de chez vous totalement sevré du tabac ! Vous n'imaginez pas mon soulagement ! Depuis le temps que j'essaie de ne plus fumer… et cela ne me manque même pas, depuis jeudi, je n'en ai plus fumé une seule ! C'est miraculeux ! Merci aux frères Sylvestre et Hervé ! Merci ! Au jardin, j'avais l'impression de voler… Débarrassé du tabac et en si bonne compagnie ! Non, vraiment… je vous dois beaucoup…

L'assurance de l'homme se fissura subitement et sa voix enrouée ne put continuer, l'émotion le gagnait. Angély en profita pour déclencher des applaudissements et souhaiter une bonne continuation à Yves Giliet, le complimentant pour sa réussite. Celui-ci se moucha et se rassit, le visage tout à coup plus vrai, articulant avec peine :

— Ici… ici… j'ai compris que je pouvais être… être moi-même… sans avoir à faire le clown ou à parler du matin au soir… j'ai vu le frère Côme, cela m'a fait beaucoup de bien…

Yves Giliet voulait exprimer ce qu'il vivait intérieurement et essaya de donner des précisions : ce n'était pas un changement, non, mais plutôt comme une véritable métamorphose, mieux, une guérison ! Il ne se sentait plus toujours obligé de paraître, de parler. Il savait se taire. Avec une expression aux traits apaisés, silencieusement, il serra la main de chacun, avant de soulever sa valise restée près de la porte et de partir, accompagné par Angély. Après cet émouvant témoignage, le silence devint plus pesant ; toute la communauté se remémora l'attente des résultats de pollution.

Quand ils tombèrent, lundi à seize heures trente, Angély fit sonner le son d'une cloche électronique. Un son particulier et spécial qui rassemblait les moines dans les situations exceptionnelles. Chacun se hâta. À la confiserie, Lyam et Pierre arrêtèrent les machines, proposant une pause aux deux ouvriers extérieurs à la communauté. À la lingerie, Benoît et Laurent, laissèrent là leur pliage des draps. Les vingt frères et les deux novices rassemblés au réfectoire étaient suspendus à ce qu'Angély, tenant une feuille dans sa main gauche, allait leur annoncer. Ce fut rapide : il n'y avait aucune trace de pollution toxique dans le monastère, juste des traces d'humidité excessives, surtout à l'église, que l'on conseillait d'endiguer sans attendre en ajoutant des joints à plusieurs endroits précis. Aucune explication nette ne se dégageait sinon que l'humidité pouvait entraîner des problèmes respiratoires notamment et favoriser des suspensions de micro-organismes toxiques. Angély proposa à ses frères de reprendre une vie normale en essayant de ne pas céder à la psychose :

— Il s'agit peut-être d'une sorte de contagion silencieuse virale ou bactérienne, sans trace visible, cela s'est arrêté ! Rendons grâce que nous n'ayons eu qu'une fracture - le responsable se retint juste à temps d'ajouter « pour l'instant » - c'est déjà extraordinaire ! Voyons le bon côté des choses…

À la bibliothèque, Émilien passa une partie de l'après-midi à aider Naël ; il déchiffrait les lettres manuscrites de l'ancien Prieur. Après plusieurs missives, l'étudiant fut autonome, ayant repéré la forme de chaque lettre dans l'écriture cursive penchée et bouclée et il remercia chaleureusement Émilien.

À Louvrin, en ce lundi, Valérie avait eu la visite d'un agent d'assurances. Yves Giliet lui avait parlé de l'homme, en vacances dans la région et rencontré au bureau de tabac. Monsieur Frédurin, sur l'insistance d'Yves Giliet, proposait à Valérie un système de surveillance de caméras pour mettre en sécurité sa maison. Bien qu'en vacances, le professionnel répondait présent pour mettre en route le dispositif et offrait un contrat à prix modique : dix euros par mois. La célibataire sexagénaire voyait enfin le bout du tunnel ; l'alarme, qui se déclencherait automatiquement en cas de présence dans son jardin ou sa maison, dissuaderait les malfaiteurs ! Le plus long pour Valérie fut d'apprendre à maîtriser, sur son téléphone portable, les manipulations à effectuer. Monsieur Frédurin lui promit de lui transmettre prochainement le nom d'un collègue fiable de la région, en cas de problème, après son départ. La nuit du lundi au mardi et pour la première fois depuis longtemps, Valérie dormit d'une traite ! Monsieur Frédurin repasserait le lendemain matin, pour l'installation des caméras et la finalisation du système avec la pause d'une affichette rassurante et dissuasive : « Maison sous surveillance électronique » !

À Serreveille, mardi matin, Émilien et Arsène s'inquiétèrent : Naël Portalier n'était pas apparu de toute la matinée à la bibliothèque ! Sur la table qu'il avait à disposition, les documents qu'ils étudiaient l'attendaient… Prévenu, Angély lui passa un coup de fil. Le jeune homme répondit qu'il était désolé, se sentant patraque, il s'était rendormi et ne pourrait pas venir de toute la journée. Il s'excusait de n'avoir pas prévenu… En raccrochant, Angély s'interrogea : Naël aurait-il été victime du possible « virus » ? Il eut peur d'une contagion pour Arsène. Du coin de l'œil, Angély le surveilla au réfectoire. Le doyen semblait plus silencieux que d'habitude et son visage un peu figé préoccupa le responsable. En sortant de table, il questionna Arsène :

— Merci, cher frère, cela peut aller (il prononçait toujours la liaison et faisait sourire ses interlocuteurs). J'ai retrouvé la carte que je cherchais ce matin !

Dans l'après-midi au bureau, peu avant seize heures, alors que les deux responsables travaillaient à la comptabilité, le téléphone intérieur sonna. Angély sentit un petit pincement au creux du ventre : c'était un appel depuis la bibliothèque ! Il décrocha rapidement. Arsène souhaitait le voir ! Il connaissait le doyen : pour qu'il sollicite une entrevue urgente, ce devait être d'une importance capitale :

— Ne bougez pas, Arsène, nous arrivons ! dit-il en se levant.

Rajustant l'écharpe qui tenait son poignet droit, Angély s'adressa à Marc :

— Marc, Arsène nous demande tous les deux à la bibliothèque. Il veut nous voir au plus vite… Je suis inquiet. Sa voix n'était pas comme d'habitude… faible…

Marc haussa les sourcils en mettant une main sur sa bouche. Qu'arrivait-il à Arsène ? Se sentait-il malade ? À midi, son expression triste ne lui ressemblait pas… Il ne dérangeait jamais personne et cette demande d'entrevue avec les deux responsables, en plein après-midi, c'était plus qu'inhabituel !

— Angély, ne put s'empêcher de dire Marc, marche moins vite… j'ai peur que tu ne retombes, tu sais, un faux pas est vite arrivé…

Angély s'exécuta, préoccupé, il en oubliait la prudence. En entrant à la bibliothèque, Arsène requit qu'Émilien le laisse seul avec Angély et Marc. Mon Dieu ! Que se passait-il donc ? !

Marc prit la seule chaise disponible devant le bureau, pendant qu'Angély s'agenouillait près d'Arsène, s'asseyant sur ses talons. Avec sa haute taille, il se trouvait ainsi à sa hauteur. Le doyen, devant ses fiches de classement, offrait une mine toujours aussi grave. Il croisa ses mains sur la table, les lèvres serrées. On aurait dit une petite souris ; sans lunettes (il avait une simple loupe pour les caractères trop petits) avec le bonnet rond bleu marine qu'il portait souvent parce qu'il était très frileux et qui lui donnait un air de marin, son visage fin aux yeux clairs accusait son âge. Les deux responsables se firent toute écoute.

— Angèly, Marc… commença Arsène, redressant son buste et cherchant ses mots.

Aucun d'eux n'osa prononcer une phrase d'encouragement. Arsène, ancien Prieur, avait été autrefois responsable du monastère pendant quelques années. Un respect particulier l'entourait. Il était la mémoire encore vivante de l'histoire de l'Abbaye. Dans cette grande pièce où les nombreux rayonnages, perpendiculaires aux hautes fenêtres s'étendaient sur toute la longueur, un espace spacieux près de l'entrée offrait plusieurs tables de travail et son bureau personnel.

Le doyen se révéla. Depuis l'arrivée de monsieur Portalier, il avait pris conscience de plusieurs choses : il cita son âge et le besoin d'informatisation de la bibliothèque qu'Émilien abordait régulièrement. Arsène, à quatre-vingt-quinze ans, se disait qu'il fallait laisser un jour sa place et qu'il vieillissait. Jusqu'alors, c'est vrai, il n'y pensait pas ! « Quand on vit un jour après l'autre, expliqua-t-il… » Il voulait demander aux deux responsables de céder sa fonction à Émilien et de se limiter à être sous ses « ordres »… car Émilien lui avait dit qu'on pouvait garder les fiches en carton en même temps qu'on informatiserait, qu'on pourrait aussi laisser le cahier d'emprunt… Il avait beaucoup réfléchi à tout cela et il avouait ressentir un soulagement à se défaire de sa charge et à laisser Émilien, très capable, s'occuper de la bibliothèque. L'effacement, ce devait être la sagesse… Arsène voulait que soit annoncée au plus vite cette inversion des rôles à son plus jeune collaborateur ainsi qu'à l'ensemble des moines.

— Cela me poursuit… murmura-il. J'y pense même la nuit. Je voudrais que vous puissiez avertir Émilien… si demain je mourais, c'est important que cette passation ait lieu… comprenez-vous ?

Angély soupira doucement… rassuré ! Ce n'était que ça ! Un grand pas intérieur pour Arsène de désappropriation, de détachement et de remise de sa charge mais pas de maladie !… En face de lui, Marc sourit et prit les mains du doyen dans les siennes. Arsène continua, en fixant alternativement ses deux interlocuteurs :

— Je n'ai pas terminé, voulez-vous m'écouter encore un peu ? Vous n'êtes pas sans remarquer mes retards fréquents au petit déjeuner. Chacun a la délicate charité de n'en rien dire. Je n'arrive plus à me lever à l'heure et ni à avoir le temps nécessaire pour ma toilette, comprenez-vous ?

Arsène se lavait à son lavabo avec un gant, il ne prenait qu'une douche par semaine. C'était l'habitude de sa génération et l'âge venant, tout était plus long, Son sommeil débordait de plusieurs minutes ; lui qui avait toujours été régulier, il n'arrivait plus à suivre… il n'écoutait pas le son de la musique classique qui réveillait les moines car il enlevait ses appareils auditifs la nuit…

— Auriez-vous la bonté de me laisser libre d'horaire les matins, je vous prie ?

Le langage châtié d'Arsène, fin lettré, et sa conception ancienne de l'obéissance aux supérieurs lui donnait un air touchant d'enfant sage. Ses petits yeux, éclairés par la lumière qui entrait dans la pièce, semblaient encore plus clairs. Son expression d'attente et d'interrogation était touchante. Attendri, Marc sourit et Angély approuva avec affection, sa main gauche sur l'épaule du doyen :

— Arsène, vous avez bien fait de nous appeler, merci pour la confiance. Marc va prévenir Émilien et vous expliquerez votre décision, si c'est votre souhait de ne pas tarder… N'en ayez aucun souci ! Vous faites bien, et pour les matins, cela va s'en dire, vous êtes entièrement libre de votre horaire…

Marc ajouta délicatement :

— Je suis ému par votre demande… d'adaptation, Arsène. Nous annoncerons aux frères, dès le dîner, ces… changements. Merci, Arsène, vous êtes un exemple pour nous tous, votre humilité nous apporte un enseignement.

Angély redressa sa haute stature en s'appuyant sur la table de sa main gauche. Il se félicitait intérieurement de ne pas avoir à demander, plus tard, à ce frère âgé de céder sa fonction à la bibliothèque pour incapacité… Il n'aurait pas osé et Arsène l'aurait peut-être vécu comme un drame. Par ce pas, le doyen devançait les inéluctables difficultés et lenteurs de l'âge. Marc et Angély, discrets, serrèrent chaleureusement la main d'Arsène ; deux larmes symétriques coulaient sur ses joues creusées. Il vint à l'esprit de Marc, ému, les paroles de Pierre Teilhard de

Chardin, auteur qu'Arsène affectionnait particulièrement. Employant le « nous », il prononça lentement :

— Arsène, si nous vivons parfois dans les « puissances de diminution » et que « nous sommes agis plutôt que nous n'agissons », vous le savez, nous n'en sommes pas moins déjà à l'œuvre, mystérieusement, pour l'avènement du Royaume de l'Amour de Dieu sur cette terre…

Arsène releva la tête, essuyant ses joues avec un mouchoir blanc :

— Marc, vous me rappelez les paroles de ce petit livre, *Le Milieu divin*, de Pierre et cela me va droit à l'âme. Désormais, il sera mon livre de chevet, Pierre m'accompagnera…

Tellement familier de l'auteur, Arsène l'appelait par son prénom ! Lui qui enrobait de mots ses phrases, cela voulait tout dire ! Et cette citation lui redonnait le sens du bien-fondé de sa décision, d'un ton ferme, il reprit :

— Bien, faisons venir Émilien, je vous prie.

L'adjoint d'Arsène, surpris, écouta, jetant à Marc et Angély des regards interrogateurs. Le bibliothécaire en titre, jusque-là, tenait à sa tâche et n'avait jamais parlé de s'en défaire. Émilien ne songeait même pas qu'il puisse en être autrement ! Depuis plus de vingt ans, Arsène orchestrait le lieu et le faisait vivre, avec des conférences historiques et spirituelles et veillait sur le fond de livres important de l'Abbaye. Serreveille, avec le Frère François, cité au rang de juste, avait vécu des heures de grande activité dont la bibliothèque était le centre. Émilien écouta sans mot dire, étonné, les yeux arrondis derrière ses lunettes rectangulaires. D'un geste solennel, Arsène détacha de sa ceinture le trousseau de clés qui verrouillaient les meubles des livres précieux, anciens et rares (le monastère s'était résolu à protéger ces œuvres à la suite du vol de deux volumes, le reste des rayonnages étaient en accès libre pour les résidents de l'hôtellerie). Le doyen tendit les clés à son successeur en serrant ses deux mains jointes dans les siennes et s'éclaircissant la voix, ordonna :

— Maintenant, mes Frères, mettons-nous à genoux !

Dans un geste familier, il s'appuya sur le bras d'Émilien et s'abaissa. Les agenouillements quotidiens qu'il effectuait depuis tant d'années ne laissaient nullement supposer son âge. Son corps frêle gardait une souplesse étonnante. À ses côtés, Angély et Marc s'exécutèrent. Par la grande fenêtre, les rayons du soleil effleuraient le profil des quatre moines : dans un parfait alignement de taille du mètre soixante d'Arsène au mètre quatre-vingt-dix d'Angély ! Cela aurait fait une splendide photo songea furtivement Marc, photographe à ses heures, avant de se concentrer sur la voix d'Arsène :

— Permettez-moi, chers Frères, de vous proposer une prière, si vous voulez bien répéter après moi… *Jésus,*

Vous le Christ-Ressuscité, Vous nous avez assuré la victoire sur tout mal, Vous nous avez promis d'être avec nous tous les jours, veuillez accueillir chacun de nous. Que nos âmes, à jamais, ne vivent que pour votre Amour dès cette terre, donnez-nous force et courage, patience et confiance...

Arsène composait des prières personnelles qu'il mettait par écrit. Il en connaissait plusieurs par cœur. Émilien, Marc et Angély suivirent en chœur le doyen qui acheva cette « passation » par une ultime invocation à Saint Joseph de Saint François de Sales, de qui était issue la spiritualité du monastère :

Glorieux Saint Joseph, Époux de Marie, accordez-nous votre protection paternelle, nous vous en supplions par le Cœur de Jésus-Christ. Ô vous dont la puissance infinie s'étend à toutes nos nécessités et sait rendre possibles les choses les plus impossibles, ouvrez vos yeux de père sur les intérêts de vos enfants. Dans l'embarras et la peine qui nous pressent, nous recourons à vous avec confiance ; daignez prendre sous votre charitable conduite...

Avant de partir, Marc encouragea Arsène à perpétuer son talent dans l'écriture de prières, évoquant la possibilité d'éditer un recueil. Il jugea que cela pourrait orienter la nouvelle vie du doyen, beaucoup moins actif à la bibliothèque, et donner du sens à ses réflexions. Émilien, quant à lui, s'exprima avec émotion, assurant qu'il aurait vraiment besoin d'Arsène pour le seconder, qu'il ne se sentait pas d'être seul. À ses mots, les frères virent perler à nouveau des larmes dans les yeux du doyen, touché en profondeur.

Quelques minutes plus tard, Marc et Angély retournèrent à leur bureau. Tous deux encore ébranlés : vieillir, être empêché, être lent, céder ses tâches... une épreuve pour tant de personnes et qu'ils vivraient eux aussi un jour ! Marc médita la phrase de la mystique chrétienne Madeleine Sémer : « Qu'il est difficile de se mettre au-dessus de la souffrance... ». Angély, préoccupé par les récents troubles de santé inexpliqués dans la communauté, encore surpris, partagea sa pensée :

— Tout de même... j'espère qu'Arsène n'est pas malade...

CHAPITRE VII

Dès huit heures, le lendemain matin, un ouvrier spécialisé se présenta à Serreveille. Il appartenait à une entreprise qui traitait les nuisances de l'humidité et leurs conséquences. En tenue de travail, l'employé devait avoir une trentaine d'années, blond, les cheveux longs et attachés, il se gara au plus près de la porte de l'église pour décharger son matériel. Il agirait pour assainir les joints de l'autel et des stalles, très anciennes. Le jeune homme expliqua à Marc qu'en même temps que ces réparations, il procéderait à de nouveaux prélèvements, plus en profondeur, en lui montrant les lingettes stériles prévues à cet effet. Le but serait d'y déceler éventuellement des traces nocives. Les mains sur les hanches, Marc le questionna :

— D'après vous, combien de temps va prendre l'intervention ? Nous n'avons pas fait de devis…

— Je pense que la journée suffira, répondit l'employé en repérant les prises électriques, si vous voulez bâcher les alentours pour éviter trop de ménage après ? Il faudra aussi fermer les portes pour éviter que les poussières se propagent. Tout doit être hermétiquement clos.

Avec son téléphone, Marc joignit immédiatement Christian. Le monastère était si vaste que, pour éviter du temps perdu, plusieurs moines disposaient d'un appareil pour communiquer dans son enceinte. Christian arriva bientôt, accompagné d'Hervé, des bâches bleues sous le bras. Ils recouvrirent sièges, statues, autel et sol alentour.

Du coup, pour cette journée de mercredi, tous les offices se dérouleraient dans l'oratoire d'hiver : une modeste pièce, à la décoration sobre mais chaleureuse, située à l'extrémité de l'aile sud. Marc signala par une affichette apposée sur la porte de l'église ce changement pour les trois hôtes et les autres visiteurs. Bientôt, on entendit des bruits de perceuse et autres instruments bruyants. Heureusement, l'église se trouvait du côté nord-ouest ; depuis l'oratoire, le bruit n'était pas gênant.

Plus tard, au sortir de l'oratoire, Valérie aborda Marc. Elle voulait lui annoncer la bonne nouvelle : la fin de ses soucis grâce au système de surveillance ! Toute joyeuse, elle détailla :

— Ce monsieur Frédurin est très dévoué ! Figurez-vous qu'hier, il a repéré que mes escaliers allant au jardin risquaient de s'effondrer ! Ils n'ont pas été refaits depuis le temps de ma lointaine cousine Gilberte... ça remonte à loin ! Eh bien, figurez-vous qu'il est arrivé avec son matériel et a tout consolidé en allant chercher des pierres pour renforcer dessous... j'ai une de ces chances ! Vous imaginez si les escaliers s'étaient effondrés sous mes pas, ou quand Victorine vient me voir... elle est assez lourde. Enfin, c'est bien simple, depuis que vous êtes venu, tout s'arrange... et avec ce monsieur Giliet à la langue bien pendue, je suis déchargée de mes tracas grâce à monsieur Frédurin !

Debout, un livre sous le bras, Marc écoutait, attentif. Valérie très animée, conclut :

— Et figurez-vous qu'il n'a même pas voulu que je le paie pour les travaux sous l'escalier ! Vous vous rendez compte ! Il y bien dû y passer presque deux heures... il m'a dit de ne pas rester à côté, il avait peur que je ne me blesse...

Certes, Marc avait confiance en la bonté humaine, mais il trouvait que ce monsieur Frédurin bien empressé et très désintéressé par rapport au commun des mortels. Soupçonneux, il eut peur que Valérie n'ait signé un contrat de surveillance avec des petites lignes peu visibles en bas de page, qui l'engageraientt au-delà des dix euros par mois ! Et ces travaux gratuits, c'était assez remarquable ou alors bizarre... Il ne dit rien de sa pensée et comme il devait se rendre à Louvrin en fin d'après-midi pour réceptionner les trois pneus neufs de la Dacia, il offrit à Valérie de passer chez elle pour voir les caméras etc. Il voulait lui éviter une éventuelle surprise désagréable. Marc connaissait le délai de rétractation d'un contrat. Les arnaques qui ciblaient les femmes seules étaient nombreuses et, sans naïveté, il voulait juger par lui-même.

— Oh oui ! applaudit Valérie, vous verrez comment ça marche ! Tout cela, c'est grâce à vous, si vous ne m'aviez pas invité l'autre jour...

La retraitée, de nouveau active, revivait. Elle se sentait redevable :

— J'aurai le temps de vous préparer des madeleines, cela changera des gâteaux secs...

Marc n'eut pas le cœur de lui parler de ses doutes ; la gaieté qu'elle manifestait montrait une entière confiance en l'opérateur qui, il l'espérait, était d'ailleurs peut-être tout à fait honnête et dévoué. Pourvu qu'il n'ait pas à jouer les trouble-fêtes !, souhaita-t-il. Il détestait ce genre de rôle. Valérie repartit d'un pas allègre. En pensée, Marc fit un rapprochement en pensée avec la raison pour laquelle il avait toujours exécré, par exemple, que l'on fasse croire aux enfants que le Père Noël existait. Pour Marc, cela n'avait rien de charmant, tout au contraire, c'était cruel. Quand les enfants apprenaient la vérité, ils ressentaient une affreuse désillusion doublée d'une défiance envers les adultes qui leur avaient menti… Comment, après un tel mensonge, leur parler d'un Dieu Invisible ? Tout cela lui semblait complètement illogique et anti-éducatif ; l'incohérence d'adultes infantiles, pour lesquels la jouissance de voir un sourire d'enfant basé sur un mensonge, ne choquait pas.

En revanche, Marc connaissait la valeur de préserver la joie d'autrui, au comble des potentialités (y compris par omission quand il le fallait) sans se compromettre. Car la joie est source de vie. Marchant lentement dans le couloir, sa pensée dériva vers phrase de Marcel Pagnol dans le *Château de ma mère* : « Telle est la vie des hommes. Quelques joies, très vite effacées par d'inoubliables chagrins. Il n'est pas nécessaire de le dire aux enfants ». Les fameux « chagrins » d'une existence d'adulte subissant des épreuves qui, pour le moine qu'il était, s'apparentaient parfois aux nuits de la foi. Saint Jean de la Croix ou Sainte Thérèse de Lisieux les avaient vécues et décrites : Marc n'en avait jamais complètement été submergé. Toutefois, à certains moments, la tristesse, l'absence, l'effleuraient. Il trouvait la vie bien longue : attendre d'être auprès de Celui qu'Il aimait radicalement était une épreuve aux heures de plus grande obscurité spirituelle. Cependant, sa foi n'avait jamais connu le doute ; il était heureux d'en être préservé. Et puis, se dit-il en arrivant près du réfectoire, peu importait : quelle que soit l'absence de « grâces sensibles », comme on disait dans le vocabulaire chrétien, l'essentiel n'était-il pas de vivre et de faire pour les autres ce qu'on aurait voulu que l'on vous fasse à vous-même ? Jésus le soulignait, au chapitre sept de Matthieu, les actes comptent plus que les paroles : « Ce ne sont pas ceux qui disent Seigneur, Seigneur ! qui font ma volonté ». Marc médita que la réflexion pouvait s'approfondir. Il se promit de discuter avec Angély et Côme de cette ébauche d'intuition ; l'acte, le désir d'agir, ou même l'ébauche d'une volonté, même empêchée, même stérile, voilà ce qui caractérisait la vie chrétienne. Thérèse de Lisieux le décrivait si bien avec l'image de l'enfant qui n'arrive pas à monter une marche d'escalier et pourtant soulève son pied… N'était-ce pas une sorte subtile d'Espérance indestructible finalement ?

Au grand réfectoire, les moines entendirent au loin les bruits étouffés des travaux à l'église : l'employé devait percer dans les dalles et taper à coups de burin. Le matin, Angély lui avait proposé déjeuner avec la communauté : il avait répondu qu'il ne déjeunait jamais et faisait un bon repas le soir. L'intervenant ne voulait pas non plus de l'aide des frères, il s'était revêtu d'une combinaison et d'un masque intégral impressionnant. Apparemment, les travaux avançaient à bonne allure et si le lendemain matin, on arrivait à faire le ménage suffisamment tôt, l'office pourrait se tenir à l'église.

Angély parla peu pendant le déjeuner : les trois hôtes en retraite souhaitaient le voir et les entretiens spirituels allaient s'enchaîner toute l'après-midi au parloir de l'hôtellerie. Marc, observant du coin de l'œil son frère, savait qu'il se réservait et souhaitait conserver toute son énergie pour donner le meilleur de lui-même. Ces rencontres étaient tellement importantes pour les hôtes ! D'ordinaire, Angléy aimait ces moments riches et profonds ; des conversations sans masque si denses de profondeur humaine et d'émotions. Marc s'employa à deviser avec l'ensemble des convives pour laisser Angléy se ressourcer en silence. Justement, James commençait une phrase quand, subitement, il se tut ; on le vit s'écrouler sur la table dans le fracas de ses couverts !

Aymeric s'empressa, de nouveau en action : James mit du temps à « se réveiller » mais retrouva ses esprits et ses capacités complètes. Il n'avait qu'une petite coupure au front. Quand le calme revint, les moines, à l'appel d'Arsène bouleversé, se mirent à genoux sur les dalles froides. Le doyen demandait que l'on prie avec ferveur : ces malaises subis ne pouvaient recommencer ! On pria… tout en réfléchissant. James avait dans son assiette le même gratin que chacun… D'où pouvait venir cette quatrième défaillance momentanée ? La place de James se situait à l'église, il est vrai, dans les plus proches de l'autel, comme Angléy, Arsène et Sylvestre… étaient-ce les remontées humides et toxiques qui les auraient rendus fragiles les uns après les autres ? Édouard, dont l'orgue se situait beaucoup plus loin, passait néanmoins du temps à l'église, seul, pour prier pendant de longues oraisons près de l'autel. Cette constatation rationnelle qu'émit Sylvestre, apaisa un peu les esprits. De nouveau… Il fallait vivre l'attente du résultat des prélèvements de l'employé qui donneraient leur verdict ! Marc avait l'impression que le monastère ne vivait que dans une longue patience ces derniers jours…

Après ce nouvel incident, Angély, affecté, resta un moment assis, le regard dans le vague. Marc s'approcha et proposa :

— Si tu veux que je fasse le premier entretien au parloir ? Je ne pars pas tout de suite à Louvrin… Trois entretiens de suite, cela te fait beaucoup, non ?

— Ah merci ! Oui, je veux bien… avec cette période troublante ! C'est chic de ta part, Côme et Stéphane sont très occupés aujourd'hui… je n'ai pas osé les solliciter, répondit-il, souriant.

« Se deviner », pouvoir s'aider à vivre entre frères, quelle richesse d'une vie communautaire réussie… une joie profonde et douce traversa Marc. Il goûta ce sentiment léger et bon, comme celui de l'enfant qui retrouve un jeu égaré, et il se promit de l'écrire pour ne pas l'oublier… Cette perception contrebalancerait ses pensées plus tristes du matin. Vivre, prolonger, retenir, revenir à ces petits riens qui sont comme l'effluve céleste de l'Amour. Et en tirer les conclusions pratiques sans culpabilité : l'organisation des trois entretiens successifs initialement prévus en raison du peu d'efficacité à l'ordinateur d'Angély, avec sa seule main disponible, ne convenait pas. Tant pis pour la « rentabilité » du temps administratif ! Marc sentit en lui l'intuition du détachement de ce qui paraît humainement « logique », pour s'adapter aux capacités du moment, finement. Une autre inspiration à noter, se promit-il, et à creuser avec Côme. Ce frère qui savait si bien mettre des mots sur toutes les vagues impressions de chacun... nommer les choses... cela aidait tant à vivre !

Comme prévu, vers seize heures à Louvrin, Marc frappait chez Valérie, impatient et un peu inquiet de découvrir le fameux contrat de télésurveillance. Le frère était auparavant passé au garage pour acheter les trois pneus neufs. La feuille simple du contrat attendait sur la table de la cuisine, près d'une tasse de thé avec soucoupe que Valérie avait préparée. Marc examina aussitôt le document. Le papier n'était pas conçu de manière très professionnelle, un vague logo et des initiales de société en haut à gauche avec un numéro à rallonge. Cela n'inspira pas confiance à Marc qui demanda à Valérie de pouvoir consulter son ordinateur :

— Mais bien sûr… venez ! acquiesça Valérie, légèrement étonnée.

— Valérie, de quelle région est monsieur Frédurin ?

— Du sud, vers Nice, m'a-t-il dit, il voulait se mettre au vert et au calme en venant en vacances ici. Il a beaucoup aimé les bords de la Tinbe et les forêts…

— Valérie, coupa Marc, quels documents lui avez-vous donnés ?

— Ben… tout ce qu'il fallait pour le contrat… un RIB, ma carte d'identité…

Marc commençait à s'inquiéter sérieusement : sur les pages internet aucune trace ni de l'entreprise ni du fameux monsieur… Il se leva et voulut voir où se trouvaient les caméras. Il n'y en avait que deux, une dans l'entrée et l'autre vers la sortie extérieure du jardin.

— Tiens ? Monsieur Frédurin n'a pas enlevé les gravats ? s'étonna Marc en voyant un tas près de l'escalier.

— Je n'ai pas osé lui demandé… vous pensez bien ! Je répartirai avec une pelle tout cela vers mon coin de compost… à mon rythme…

— Vous permettez, je jette un coup d'œil ?

Marc se pencha sous les trois marches, des panneaux de bois mal ajustés, grossièrement coupés, couvraient les deux bords latéraux. Il ôta facilement l'un d'eux et découvrit un espace… vide ! Apparemment creusée assez profondément, la cavité béante sous la fine couche de ciment des marches stupéfia Marc qui se retint de pousser une exclamation. Il avait toujours une excellente maîtrise de lui-même pour protéger autrui. Avec son téléphone, il éclaira et vit, au fond du trou, comme la marque d'un contenant rectangulaire.

— Valérie… vous avez le téléphone de monsieur Frédurin ?

— Non, il a préféré me donner celui d'un de ses collègues… comme il repartait sur Nice…

Marc soupira de dépit. Ce qu'il craignait se révélait hélas exact : l'escroc était venu chercher je ne sais quoi sous l'escalier sans même remblayer ! Avant de mettre au courant Valérie et pour avoir le temps de se calmer un peu, Marc voulut vérifier une dernière chose : les caméras. Marc proposa à la propriétaire de mettre en fonctionnement l'alarme, comme si elle sortait de chez elle, et il s'avança vers les deux fameuses caméras. Évidemment... aucune alarme ne se déclencha... ! Valérie, stupéfaite, s'exclama :

— On a fait deux essais et j'ai entendu l'alarme !!

Le fameux Frédurin avait dû provoquer un son au moment voulu... les caméras, examinées de près, ne s'allumaient pas ! Tout était fictif ! Marc toussota et fit asseoir Valérie dans sa cuisine... Effondrée, après l'évidence, elle n'arrivait pas à téléphoner à sa banque pour faire opposition à toutes les transactions. Marc dut attendre qu'elle se remette avant de la guider. Il tâcha de dédramatiser la situation :

— Les ennuis qui vous sont arrivés n'étaient que la préparation de cette manigance, pour vous entraîner dans cette mascarade.... Maintenant, vous n'aurez plus de problème, c'est une bonne nouvelle ! Vous pouvez laisser l'affichette au bout du jardin... elle est dissuasive et suffit amplement. Vous venez de faire opposition sur votre compte, vous ne craignez plus rien ! Remettez-vous, Valérie...

Marc dévissa les deux caméras inutiles et souhaita revoir le tas de gravats, dans le jardin en demandant une pelle à Valérie, toujours abattue :

— Allez-y… je suis anéantie… j'ai été si naïve ! J'ai besoin de me reprendre… je vais boire quelque chose…

Marc, retourna avec précaution les fameux gravats faits de différents matériaux mélangés à du sable. Après deux petites pelletées, il vit comme un reflet brillant. S'arrêtant, il sortit son mouchoir et recueillit ce qui ressemblait à des paillettes d'or, sans certitude. Il regarda sa montre : le bijoutier de Louvrin devait être encore ouvert. Prévenant Valérie qu'il revenait en peu de temps, il prit sa voiture pour gagner le centre-ville. Le commerçant examina les quelques paillettes et fit un test : c'était bien de l'or ! Extrêmement étonné, Marc remercia sans s'attarder. De retour chez Valérie qui retrouvait peu à peu ses esprits, il l'interrogea à nouveau sur les fameux escaliers :

— Non, ils n'ont pas été refaits… non, non… depuis le temps de ma cousine Gilberte, les anciens propriétaires les trouvaient solides…

— Valérie, venez voir…

Marc montra la cavité vide et les paillettes d'or…

— Incroyable !!! Vous croyez que ce bonhomme est venu récupérer quelque chose de valeur cachée là-dessous ?

— Non seulement je le crois, mais j'en suis sûr ! Vous pourriez me décrire ce monsieur ? J'appellerai Yves Giliet pour lui demander des précisions… puisque c'est lui qui vous l'a envoyé… il a été habile ce Frédurin !

Marc n'obtint aucun autre renseignement sur la cousine Gilberte sinon qu'elle avait habité la maison au moment de la guerre. Il conseilla à Valérie de ne plus emprunter l'escalier et de faire le tour par le portillon pour se rendre dans son jardin. Il n'était pas un spécialiste mais sans support, si les marches s'effondraient… Le frère rassura la propriétaire et lui garantit que Christian, très bricoleur, viendrait arranger les dégâts.

— Vous nous donnerez des cours de cuisine en échange ! appuya Marc, en prenant congé. Il n'y a pas mort d'homme, c'est contrariant mais puisque nous avons tout

désamorcé… vous n'aurez pas de conséquences néfastes !
Venez demain à Serreveille… on discutera après l'office !

— D'accord, je viendrai !

La pauvre Valérie, à peine la porte refermée, se précipita saisir son téléphone ; elle sentait le besoin de tout lui expliquer sans attendre à son amie intime ! Quant à Marc, une fois dans la voiture, il sentit une sourde colère lui monter à la gorge… tout moine qu'il était, rétrospectivement, l'émotion le gagnait ! Il imaginait quel préjudice aurait pu subir Valérie… tellement plus grave ! Ses comptes vidés, une chute dans l'escalier, la revente de ses données d'identité… Il décida de joindre dès son arrivée le fameux Yves Giliet, à la langue si bien pendue… était-il complice lui aussi ? Il ne put l'imaginer, ou alors il avait des talents de comédien hors pair ! Finalement, en arrivant à l'Abbaye, dans le doute, il se résolut à contacter en premier lieu le responsable du groupe accueilli pour en savoir plus sur le fameux Yves Giliet qui avait, comme par hasard, prolongé son séjour à l'Abbaye. Sans même décharger les trois pneus neufs achetés, il se précipita au bureau et rechercha fébrilement les coordonnées adéquates. Angély n'y était pas, sans doute occupé ailleurs. Heureusement, son correspondant décrocha immédiatement et put confirmer la loyauté du loquace Yves Giliet :

— Je le connais depuis vingt ans dans la paroisse…
c'est un sensible, un bavard mais d'une honnêteté
scrupuleuse, je vous l'affirme !

CHAPITRE VIII

Avant d'appeler Yves Giliet, Marc marqua une pause. Il fit quelques longues respirations ; c'était déjà ça, savoir que l'homme était honnête lui enlevait une énorme pression. Il prépara ses questions ; la conversation ne devait pas partir dans tous les sens. Enfin, l'esprit clair, il composa le numéro :

— Serreveille ? Oh, quelle bonne nouvelle ! Comment allez-vous ?

Marc prévint Yves Giliet : il avait besoin de réponses courtes et précises. Comment avait-il connu monsieur Frédurin ? Avait-il son numéro de téléphone ? Yves Giliet répondit qu'il avait croisé l'homme au bureau de tabac et au bar, ils avaient discuté. Très visuel, il en fit une description précise qui complétait celle de Valérie. Un homme d'une cinquantaine d'années, de taille moyenne. Marc approfondit : l'avait-il revu et où ? Oui, de loin dans le parc vers le centre-ville depuis sa voiture, il l'avait aperçu en conversation avec un jeune homme blond aux cheveux longs et attachés… Non, il n'avait pas son numéro ; l'homme lui avait dit qu'il allait changer de téléphone portable parce qu'il avait fait tomber le sien. Oui, il avait parlé de Valérie et de Serreveille… Il ne savait plus trop ce qu'il avait dit, il était confiant. L'homme était très sympathique et cultivé. Marc demanda une description du jeune homme aperçu en sa compagnie. Oui, il devait avoir la trentaine, assez grand…

Marc remercia Yves Giliet que l'interrogatoire commençait à angoisser. Il lui promit de le rappeler plus tard. Prenant un ton ferme, pour clore l'entretien, le responsable sollicita une entière confidentialité de la conversation. Puis, Marc sortit en trombe du bureau ;

l'ouvrier aux cheveux blonds attachés était-il toujours dans l'église ?… En arrivant, il avait vu son véhicule encore présent. Hélas… il était déjà parti ! Marc réfléchit un instant : que faire ? D'abord, se rendre à l'église pour se rendre compte des « travaux »… que diable ce jeune homme faisait-il avec l'escroc ? Était-il malhonnête lui aussi ? Il fit venir avec lui Christian, qu'il croisa devant l'atelier et qui allait se changer avant le dîner :

— Christian, excuse-moi, je t'expliquerai plus tard, j'ai besoin que tu viennes avec moi à l'église pour me donner ton avis sur les travaux !

Des doutes plein la tête, Marc paraissait pressé et essoufflé. Christian le suivit, soucieux. Dans l'église, l'autel et les stalles aux socles complètement déjointés, entourés de poussière et de morceaux de ciment épars, offraient un spectacle de chantier de démolition !

— Mais qu'est-ce qu'il a fait ? ! s'écria Christian, interdit, il a démonté le panneau de l'autel et a creusé en dessous ! Et les stalles… pareilles ! Mais… c'est un massacre, un vrai carnage !! Il nous avait dit qu'en une journée tout serait réglé !

Les deux moines, interloqués, se regardèrent. Marc mit au courant Christian des déboires de Valérie et l'informa du lien entre le malfaiteur et le jeune ouvrier. Médusé, celui-ci s'écria :

— Hallucinante cette histoire ! Il faut regarder sous l'autel, il n'y a pas un souterrain quand même ! Je vais chercher une lampe !

En examinant soigneusement les trous béants, Marc et Christian aperçurent des éclats, comme des reflets. S'allongeant au sol, Christian remonta une poignée de terre de dessous l'autel : il s'y mêlait des paillettes d'or ! Marc reconnut le métal d'emblée et la taille des minuscules morceaux ressemblait à ceux qu'il avait récoltés dans son mouchoir ! Les deux frères les comparèrent ; le doute n'était plus permis. Au fond des cavités, la trace de plusieurs rectangles, grands comme des cartons à chaussures. Trois sous l'autel et deux sous chacune des deux stalles.

— Il faut faire des photos… dit Marc, avant de tout remettre en ordre. Arsène ne nous a jamais parlé de quoi que ce soit à propos de cet autel… il date du début du siècle précédent, c'est tout ce que je sais. On ne l'a jamais changé.

— Non, depuis que je suis là, j'ai tout juste nettoyé les incrustations des motifs, c'est tout ! approuva Christian, toujours aussi décontenancé.

— Le jeune ouvrier avec sa camionnette doit être déjà loin… à moins qu'il n'ait été rejoint par ce soi-disant Frédurin ! Je téléphone à la gendarmerie pour donner le signalement du véhicule et expliquer tous les faits. Quelle usurpation de confiance ! Valérie n'a pas dû avoir le courage de porter plainte, je ne lui ai même pas conseillé, c'est vrai. Tu parles d'une entreprise spécialisée ! décida Marc, énervé.

Il sentait les battements de son cœur s'accélérer et le martèlement du sang sur ses tempes. Il s'efforça de se calmer en expirant profondément.

— On peut toujours attendre les résultats ! Non mais… ils nous ont bien embobinés ! s'insurgea Christain, qu'est-ce qu'il pouvait bien y avoir sous cet autel et sous ces stalles ?

Après avoir téléphoné à la gendarmerie du secteur et donné les signalements des deux hommes et du véhicule, Marc, plus calme, convint avec Christian :

— Bon, n'allons pas affoler tout le monde dès ce soir… Crois-tu qu'avec Sylvestre et Hervé vous pourriez sonder le terrain et remettre un peu d'ordre ?

— Aucun problème ! Je vais les prévenir discrètement. Ils vont être pantois ! Tu n'auras qu'à dire au réfectoire que l'on avait un travail urgent à finir et que l'on dînera après, ce n'est pas mentir. Imagine qu'Arsène et Édouard voient ce désastre… C'est un coup à faire une crise cardiaque !

Marc courut retrouver Angély pour lui apprendre l'inconcevable. Abasourdi, celui-ci posa plusieurs questions. Tellement stupéfait, il mit du temps à comprendre l'avalanche de révélations ! D'un commun accord, les deux collaborateurs décidèrent de se taire jusqu'au lendemain, demandant aux trois frères qui s'activaient dans l'église, de garder le silence. Marc et Angély désiraient que chacun dorme en paix et, les heures passant, la gendarmerie aurait peut-être identifié la camionnette en fuite dans le secteur ? C'était à espérer… Le mystère des caisses enfouies demeurait entier et les deux responsables comptaient consulter dès le lendemain

Arsène et Édouard. Les doyens auraient probablement de lointains souvenirs…

— Avec tout ça, on ne sait toujours pas pourquoi les malaises ont eu lieu, cela n'a rien de rassurant ! exprima Angély, confondu devant la vision du chantier désordonné. Cette histoire d'humidité vers les stalles et l'autel, c'était complètement bidon… on s'est bien laissé avoir !

À l'aube du jeudi, après une nuit peu réparatrice, alors qu'il s'habillait, Marc entendit la sonnette de l'entrée. Il détenait le boîtier d'alarme dans sa chambre cette nuit-là. Il se dépêcha, pensant ouvrir aux gendarmes à cette heure matinale. Quelle ne fut pas sa surprise de découvrir Naël, les cheveux mi-longs décoiffés sans être attachés et le visage tourmenté :

— Excusez-moi… comment va le frère Arsène ?

— À cette heure-ci, il n'est pas encore prêt… vous avez quelque chose d'urgent ?

— Euh… oui…

— Si vous voulez l'attendre à la bibliothèque, c'est ouvert. Je peux prévenir Émilien si vous le souhaitez ?

Marc voyait l'étudiant danser d'un pied sur l'autre, mal à l'aise. Il n'était pas dans ses habitudes d'arriver si tôt ! Son visage rond avait une expression sérieuse et figée.

— Sinon, je peux vous renseigner peut-être ?

— C'est délicat…

— Entrez ! Vous allez m'expliquer…

Le jeune homme suivit Marc, tous d'eux s'assirent sur les premiers sièges venus du couloir.

— Je suis à la rue… je voulais savoir si je pouvais loger chez vous… et je voulais dire quelque chose que je crains pour Arsène… Le gîte n'est plus disponible au hameau de la Rozelière…

Marc encouragea Naël Portalier à donner des détails et à préciser ces propos décousus : pourquoi le gîte n'était plus disponible ? Il sentait qu'il y avait anguille sous roche et pensait à une éventuelle querelle avec une petite amie.

— Euh… je logeais avec un monsieur qui est parti hier sans payer et je n'ai pas les ressources pour continuer à louer…

— Que voulez-vous dire à Arsène au juste ? Il est fatigué le matin. Cela concerne vos recherches ? interrogea Marc, devant la confusion du jeune homme.

Troublé, Naël enfouit sa tête dans ses mains et finit par tout révéler. L'homme, avec qui il logeait, lui avait demandé de photographier toutes les lettres du Prieur pendant la guerre des années 1943 à 1945 dès son arrivée à Serreveille. Ce monsieur lui avait promis le financement du gîte et mille euros ensuite. Naël en avait grand besoin car il n'avait plus d'argent à cause d'une réparation de sa voiture. Marc le questionna :

— Comment avez-vous rencontré cet homme ?

— J'ai fait un CDD en remplacement dans un site d'archives à Paris, c'est là que je l'ai croisé. Il y travaillait aussi. C'est lui qui m'a donné l'idée d'enrichir mon mémoire en venant ici, me disant qu'il pensait que tous les juifs cachés n'avaient pas été répertoriés... Il m'a payé l'essence pour venir et m'a donné une petite avance, mais j'ai tout donné au garagiste.

Marc fit immédiatement le rapprochement avec le faux monsieur Frédurin, il demanda une description de l'homme. L'étudiant, après un bref portrait, avoua avoir surpris une conversation téléphonique de son fameux colocataire, dénommé « Igor Lindsky ». Le jeune homme avait entendu parler de pastilles de colle incolore d'un produit à mettre dans des verres, pour faire chuter la tension d'un coup. Au gîte, Igor Lindsky était dans le jardin et Naël dans la salle de bains avec la fenêtre entrouverte, il avait tout entendu sans vraiment comprendre ! Rouge de confusion, Naël poursuivit d'une voix hachée :

— Quand j'ai vu que votre collègue s'était fracturé le poignet, j'ai demandé à Émilien comment cela s'était produit. Il m'a parlé d'une chute inexpliquée... j'ai fait le rapprochement... ce matin seulement ! Après le départ d'Igor Lindsky hier soir... j'ai pensé à Arsène, à son âge... j'avais peur, vous comprenez... j'avais peur... que ce soit chez vous...

Marc se leva d'un bond !

— Venez avec moi !

Marc courut et entraîna Naël au réfectoire lui intimant l'ordre de mettre tous les verres que comptaient les tables et les placards dans un carton. L'étudiant virevoltait dans la pièce faisant preuve d'une belle dextérité malgré son poids. Les frères allaient bientôt débarquer ; il y avait urgence ! Tout en les manipulant, Naël et Marc passaient leur doigt au fond de chaque verre. Ils en isolèrent deux qui, en leur fond, comportaient une petite bosse, incolore. Il serait facile de faire analyser la substance, soluble à l'eau, pour confondre le dangereux malfaiteur. Marc savait que, pendant les offices, aucune porte n'était pas fermée à clé et les pièces étaient facilement accessibles. Un malfaiteur avait eu toute latitude pour agir. Marc frappa ensuite chez Christian et lui expliqua en deux mots la situation. Les deux frères inspectèrent toutes les chambres pour en ôter les verres si elles en contenaient ! En commençant par celle d'Arsène, encore endormi d'un sommeil profond, et d'Édouard ! On alla même jusqu'à la sacristie, la cuisine, l'atelier, la lingerie, l'infirmerie…

Naël, effondré, attendait sur un banc du réfectoire. Marc voulait qu'il soit présent pendant les « grandes révélations » et apporte des précisions. Il l'avait rassuré : une chambre pourrait lui être prêtée à l'hôtellerie. Sans ses remords et sa déduction, on aurait indubitablement cherché fort longtemps la cause des chutes inexpliquées ! Le jeune homme était plus à plaindre qu'à blâmer, sa situation financière précaire hypothéquait la réussite de son année d'étude. C'était le bon moment pour l'aider.

CHAPITRE IX

Au grand réfectoire, sans la présence d'Arsène qui dormait encore du sommeil du juste, la conscience bien en paix, les lieux prirent soudain des allures de commissariat ! Angély fit apporter le grand tableau à roulettes et Marc nota, pour plus de clarté, l'ensemble des éléments avec les différents protagonistes de cette invraisemblable affaire ! Il serait facile d'en faire ensuite une photo. Avant que Marc ne prenne la parole, Naël, la mine défaite, navré, l'avait supplié :

— Si vous me dénoncez, je vais avoir un casier judiciaire pour avoir fait fuiter vos lettres d'archive… cela va me barrer la porte de postes…

D'un ton sans réplique, Marc, le regard droit et franc, l'avait coupé tel Myriel, l'évêque de Digne, le héros du roman de Victor Hugo, face à Jean Valjean :

— Naël, nous témoignerons que vous n'avez rien fait de répréhensible ! Vous n'aurez qu'un statut de victime, je vous le certifie. Soyez tranquille et aidez-nous à élucider cette histoire, je compte sur vous !

Soulagé, dans un mouvement de tête en redressant son grand corps, l'étudiant avait prononcé d'une voix étranglée :

— Comptez sur moi !

Devant leur bol, l'estomac noué, les moines éberlués, découvraient tout ! Ils comprirent rapidement pourquoi aucun verre n'était disponible et que l'on n'en aurait plus l'usage jusqu'à nouvel ordre ! Interloqué, Carlo n'en revenait pas, ponctuant de « pas possible ! » chaque nouveau fait exposé. Il prenait conscience qu'une personne malveillante avait pénétré dans l'Abbaye ! Après l'exposé concis et clair de Marc, Édouard, décontenancé, fouilla sa mémoire au sujet de l'autel et des stalles : rien ne lui revenait de notable. Quant aux archives et aux lettres, il n'avait jamais entendu d'autre version que celle des cinq juifs mis à l'abri et tous sauvés, grâce à leur déguisement monastique jusqu'à la fin de la guerre.

Les discussions allaient bon train quand Angély entendit la sonnerie du téléphone. Les gendarmes prévenaient : le véhicule décrit du faux employé blond, avait été retrouvé près de Louvrin abandonné au bord d'un bois, sans aucun indice à l'intérieur. On convint d'un rendez-vous avec une brigade spécialisée dès quatorze heures au monastère : il s'agirait d'exposer les manœuvres du fameux Igor Linsky, alias Frédurin, d'après la description de Naël, Valérie et Yves Giliet. D'ici là, les gendarmes de terrain s'employaient à questionner la propriétaire du gîte et les commerçants de Louvrin au sujet de l'individu. Ensuite, ils pourraient dresser un portrait-robot qui faciliterait les recherches.

À Serreveille, Marc et Angély souhaitèrent que la matinée se passe sans irruption extérieure. Garder une relative paix dans cette période de tourments demeurait leur préoccupation. Côme et Stéphane approuvèrent cette mesure après le traumatisme que la communauté avait vécu et qui était si peu commun. Chacun attendait avec impatience le réveil d'Arsène pour le questionner ! Il serait opportun de l'aborder sans précipitation dans le cadre familier de la bibliothèque. À son âge, il avait le droit d'être préservé : Émilien et Angély se chargeraient de l'interroger en douceur. Un détail lui reviendrait peut-être ?…. Lui, le plus ancien, entré relativement jeune au monastère. La période de la guerre, marquante, devait rester bien présente dans les conversations des moines de l'époque.

Pour l'heure, la communauté désirait réintégrer l'église pour l'office de fin de matinée, avec les nouveaux locataires de l'hôtellerie, sans rien changer au rendez-vous de prière habituelle. Malgré toutes les vicissitudes de la vie, Dieu reste Dieu. Il est le socle, le Rocher et l'Immuable dans la vie de chaque moine. Stéphane, de ces sages paroles, le rappela opportunément. Se recentrer sur l'Essentiel, toujours, Celui qui ne change jamais.

La veille, Sylvestre, Hervé et Christian avaient réussi à remettre l'église dans un état correct, travaillant jusque tard dans la soirée. Les finitions se feraient plus tard, tout était propre. Une atmosphère beaucoup plus détendue se fit sentir : le fait d'avoir enfin l'éclaircissement sur les étonnants malaises redonnait, somme toute, une bouffée d'air frais aux esprits malmenés ! Il régnait presque une sorte insouciance après le climat étrange de ces derniers jours… Les moines ne furent pas très silencieux, bavardant par petits groupes dans leur lieu de travail. Aymeric avança quelque nom de substance qui pouvait être à l'origine d'une chute brutale de tension. Dans un aller-retour bref à Louvrin, Christian transporta les deux verres suspects au commissariat. Avant de rejoindre la bibliothèque, Naël Portalier, consigné au monastère pour une durée indéterminée, s'approcha de Marc, gêné ; en rattachant ses cheveux, il chuchota presque :

— Excusez-moi, je suis un peu « addict » au sucre et je n'ai presque plus de bonbons… si je dois rester ici…

Allons bon, pensa Marc, ce n'est pas du tabac cette fois-ci ! Il rassura le jeune homme :

— Nous avons ce qu'il faut avec la confiserie ! Je vous donnerai de quoi faire… Vous ne fumez pas, je crois ?

— Non, ni alcool, ni tabac, répondit Naël, confus.

Marc s'en doutait car avec son excellent odorat, il repérait les fumeurs à trois mètres de distance. Il encouragea l'étudiant par un « c'est déjà bien ! » avant de filer à la réserve.

À l'office de fin de matinée, les trois personnes de l'hôtellerie qu'ils avaient accueillies - deux femmes et un homme - en pleine retraite spirituelle, plongés dans leurs réflexions profondes ne se doutèrent de rien ! Ils ne remarquèrent même pas les petites imperfections et hésitations des chants : rien n'avait été trop prévu ! Ou plutôt, Édouard n'y participait toujours pas à cause du temps maussade et humide qui n'élevait pas les températures et Marc avait oublié la feuille qu'il avait méticuleusement préparée ! Il improvisa sans trop de dommages tandis qu'Angély réussit à donner des explications bibliques intéressantes concernant le texte d'Évangile du jour qu'il connaissait bien. Les trois personnes en retraite spirituelle buvaient ses paroles, tout ouïe... en notant sur des carnets. Le partage d'Évangile avec les fidèles serait pour une autre fois, l'office ne devait pas trop durer.

Valérie, assise à sa place, sur le banc à droite chantait à pleine voix. Marc, à peine la dernière note achevée, lui fit signe de le suivre. Dans la sacristie, il la mit au courant des dernières nouvelles concernant son usurpateur d'installateur de caméras ! Elle tomba des nues en apprenant que la cavité située sous l'autel avait montré des traces d'or, tout comme sous son escalier ! Déplorant de n'avoir aucune famille à questionner sur sa cousine Gilberte, elle ne put qu'apporter son témoignage sur la description de Frédurin-Linsky. D'ailleurs l'individu n'était-il pas déguisé ? Il portait une moustache et des cheveux noirs, lisses. Naël n'avait rien remarqué au gîte dans un changement d'apparence d'un jour à l'autre mais il s'était avoué peu physionomiste. Au centre des archives parisiennes où il avait fait sa connaissance, pourtant, Linsky ne portait pas de moustaches, l'étudiant s'en souvenait très bien ; il était revêtu d'un costume noir et d'une chemise blanche avec cravate.

L'émotion de Valérie après ces nouvelles révélations était palpable, Marc proposa qu'elle reste déjeuner avec la communauté :

— Vous n'aurez pas peur d'une vingtaine de moines ? Vous écouterez ainsi ce qui se dit… c'est important !

Valérie accepta avec reconnaissance ; revenir seule chez elle après avoir appris de tels faits, lui paraissait insurmontable. À table, elle fut placée près de Marc et de Naël. Christian rapporta le tableau sur roulettes, caché dans le cagibi du matériel de ménage pendant le temps de l'office. Émilien y inscrivit avec soin, en lettres majuscules, les derniers éléments :

Le tant attendu Arsène, après le petit déjeuner copieux soigneusement préparé par Carlo, s'était souvenu que, parmi les juifs cachés au monastère, figurait un bijoutier venu de Paris dans une ambulance. Il avait fait le voyage déguisé en infirmier. Cette anecdote racontée par d'anciens moines l'avait frappé. Naël Portalier et Émilien se penchèrent aussitôt, via leurs ordinateurs, sur les noms des juifs cachés et celles des bijouteries parisiennes de l'époque. L'étudiant historien assura n'avoir rien lu qui se rapportait à une quelconque cache de métal précieux dans les lettres de l'ancien Prieur. De toute façon, les messages, s'il y en avait eu, devaient être finement codés ! Le défunt responsable de Serreveille n'avait laissé aucun document ni aucune confidence aux moines de son époque, semblait-il. Ses derniers mots, pieusement conservés, avaient une teneur toute spirituelle de confiance et d'abandon à son Créateur. Avait-il été au courant de ces caches sous l'autel ? Cela paraissait peu probable. Sa mort subite, un soir après les complies peu après la guerre, n'avait laissé aucune trace écrite sur ce secret. L'opération avait dû se faire à son insu. Les visites reconnaissantes des descendants des juifs cachés après la guerre n'avaient rien sous-entendu non plus. Personne n'avait réclamé d'héritage depuis la fin des hostilités. Comment Frédurin-Lindsky avait-il découvert l'existence de ce métal précieux dans les deux lieux différents : Louvrin et Serreveille ?

Naël Portalier attesta que les documents en consultation libre aux archives de Paris qu'il avait lus avec soin, concernant le monastère avec la liste des noms des juifs cachés, ne mentionnaient pas d'autres spécificités. Lindsky avait-il eu accès à d'autres sources ? D'ailleurs, la gendarmerie enquêtait diligemment sur cet employé à Paris… Naël ne savait rien de lui. Il ignorait depuis combien de temps il travaillait aux archives, dans ce lieu très spécialisé divisé en plusieurs secteurs. D'un naturel discret, l'étudiant n'avait posé aucune question personnelle à un colocataire peu loquace qui, d'ailleurs, l'évitait la plupart du temps. La communauté attendait avec impatience la venue de la brigade spéciale, dépêchée sur place depuis Bourges.

À quatorze heures précises, un quatuor de deux femmes et deux hommes investit le grand réfectoire. Tous étaient en civil. Leurs collègues de Louvrin, qui interrogeaient la population leur avaient transmis tous les derniers éléments. Sur le terrain, les investigations se poursuivaient. Les professionnels découvrirent le grand tableau, ses flèches, ses noms et ses dates. Ils félicitèrent les moines pour la clarté du support écrit de cette nébuleuse intrigue. Le quatuor s'assit autour des tables que l'on avait disposées en forme de « U ». Chacun se présenta. Puis, Marc, Angély, Émilien et Naël prirent la parole. Valérie, intimidée, fut invitée à s'exprimer. Marc l'encourageait du regard. La retraitée s'embrouillait un peu, honteuse de s'être fait berner. Par moments, elle bafouillait. Discrètement, Marc prenait le relais et lui redonnait ensuite la parole.

Après une bonne heure, une femme aux cheveux courts d'une quarantaine d'années, cheffe de la brigade, énonça d'une voix distincte :

— Notre travail va consister à retrouver le commanditaire des vols et à essayer de l'identifier. Je vais m'absenter un moment pour joindre mes homologues de Paris et connaître les éléments que l'individu recherché a laissés au centre d'archives. Je vous prierai de bien vouloir rester dans cette pièce, s'il vous plaît, je vous retrouve au plus vite.

Carlo apporta du café, du thé et les gâteaux secs de Valérie, qui rougit de plaisir en les voyant circuler autour de la table. Édouard, les yeux arrondis, avait délaissé sa sieste. Arsène, quant à lui, n'avait pas changé ses habitudes, encouragé par Angély. Il revint au réfectoire, vers quinze heures trente, étonné de voir tant de monde ! La cheffe de la brigade le précéda et elle déclara à l'assemblée :

— Igor Lindsky s'est fait embaucher avec de faux documents : CV, diplôme etc. Son vrai nom est donc inconnu. Nos collègues interrogent sur place tous ceux qui l'ont côtoyé. Sur le temps de midi, il avait l'habitude de déjeuner dans une brasserie du quartier. Sa présence aux archives n'a pas excédé deux semaines, il est parti du jour au lendemain. Les interrogatoires vont demander du temps. Ah ! Vous êtes… monsieur… Arsène ?

La professionnelle venait de repérer le doyen, enveloppé dans un gros gilet en lainage bleu marine, assis près de la porte. Elle lui posa quelques questions sans qu'on puisse découvrir de nouveaux éléments. Le quatuor conclut la réunion et demanda à Marc et Angély une visite des lieux dont l'église faisait inévitablement partie. Il suivrait ensuite Valérie pour examiner sa maison. Le mystère des caisses cachées restait à découvrir…

CHAPITRE X

Trois jours passèrent : vendredi, samedi, dimanche, sans que rien de nouveau n'apparaisse. Les prélèvements policiers sous l'autel et les stalles n'avaient pas interrompu les offices de l'église. Les trois personnes de l'hôtellerie, en grand silence pendant leur retraite spirituelle, continuaient à vivre sereinement leur séjour. Sans Yves Giliet à leur table, elles n'étaient au courant de rien ! Carlo, terrifié par la cause des malaises, avait décidé de mettre à la décharge tout ce que le monastère comptait de verres ! On en avait racheté un stock dans un magasin d'occasion du coin et c'était désormais un joyeux mélange de modèles dépareillés qui trônaient sur les tables. Bien que l'hôtellerie et le monastère n'aient pas de vaisselles communes avec une cuisine et un réfectoire bien séparés, Carlo avait insisté pour que l'on élimine également tous les verres du bâtiment des hôtes. Traumatisé, il ne voulait prendre aucun risque et faisait encore des cauchemars ! Du jour au lendemain, les trois convives pieusement recueillis virent avec étonnement de nouveaux verres à pied d'un raffinement surprenant sur leur table...

Lundi matin, enfin, un coup de téléphone de Paris arriva au bureau. Marc répondit : l'enquête avançait à grands pas !

Une dénommée Hélène de Jointille venait d'être consultée grâce à l'identification d'un serveur de la brasserie proche du site d'archives. L'employé l'avait vue déjeuner plusieurs fois avec l'individu recherché. Célibataire, approchant la cinquantaine, Hélène de Jointille avait été abordée, il y avait environ quatre mois par le malfaiteur, lors d'une exposition de peintures parisienne aux invités triés sur le volet. L'homme très distingué, en costume, paraissant très cultivé et se faisant passer pour un jeune veuf éploré, avait ému Hélène de Jointille, elle-même très seule après l'annulation de deux mariages. Malgré sa défiance à l'égard de la gent masculine, celui qui se faisait appelé Igor Lindsky, réussit à l'amadouer. Sous le charme de son raffinement oratoire, de sa culture et de ses tenues irréprochables, Hélène finit par l'inviter chez elle et lui fit des confidences : elle était issue d'une riche famille et lui avoua posséder des appartements à Paris qui lui permettaient de vivre de ses rentes. Igor Lindsky se fit de plus en plus courtois, entretenant des conversations sur les sujets de prédilection de sa proie. Il aborda même la question d'un projet de mariage car, disait-il, la solitude de son veuvage le laissait dans un terrible désarroi… ! En confiance, Hélène lui montra un jour une pendule qui trônait sur la cheminée en marbre de son salon et lui apprit que l'objet, inachevé, était destiné à la promesse d'un de ses grands oncles bijoutier. C'était tellement romantique ! Hélène rêvait à ces temps passés après la déconvenue traumatisante de ses deux prétendants indélicats et la honte de ses annulations de mariage, dont on avait eu le temps d'envoyer les faire-part ! Malheureusement, l'oncle mourut avant d'avoir pu se marier. Habilement, Igor Lidsky sollicita des confidences plus précises sur ce parent et apprit que, juif, il avait été caché pendant la guerre dans un monastère. Il s'appelait Jacob Isaac et la légende familiale racontait que, bijoutier de métier, il avait caché sa fortune pour la réserver à sa fiancée, dont personne, n'avait jamais su le nom.

Hélène de Jointille précisa le jour où l'escroc avait brusquement cessé de lui envoyer des messages exquis dont il était coutumier : elle s'en souvenait amèrement ! La date correspondait au jour des « travaux » à Serreveille ! La police espérait retrouver d'autres éléments et confirmait que le fameux Jacob Isaac avait bien séjourné au monastère, sous le nom de frère Jacques, de 1943 à 1945 !

En raccrochant, Marc réfléchit : comment le lieu des caches avait-il pu être identifié ? Se précipitant à la bibliothèque, il rejoignit Naël et Émilien et voulut voir toutes les lettres du Prieur, Frère François, durant les années concernées. Naël, plein de remords, se confondit encore en excuses pour avoir tout photographié et envoyé à Igor Lindsky dès son arrivée Les lettres avaient été restituées à l'Abbaye par les descendants de leurs destinataires, dont l'une se nommait Gilberte. En examinant sur la grande table tous les écrits, on comprit aux « Ma Chère Gilberte » « Très chère sœur » qu'un lien de fraternité liait les deux personnes. Une pile de lettres regroupées et sans enveloppes, parmi les autres, attira plus particulièrement l'attention de Marc, l'une était datée de l'été 1944 :

Ma très chère sœur,

Je ne peux te dire à quel point ton aide pour la lessive au monastère nous est précieuse en ces temps troublés ! Nous n'avons plus un seul drap d'avance et ton travail avec le frère Jacques à la rivière de la Tinbe a redonné le moral à tous les moines ! Dormir dans une literie remise à neuf du matin pour le soir, quel luxe ! Tu avais choisi ce jour de grand soleil pour venir courageusement à vélo et j'ai compris pourquoi : ce temps éblouissant a tout séché ! Frère Jacques a encore un peu mal aux mains après avoir essoré avec toi ce nombre de draps considérable et tout étendu dans le grand champ. Ma chère sœur…

Marc continua à fouiller parmi les feuillets et tomba sur un mot, plus bref, datant de 1945, beaucoup plus énigmatique :

Très chère Gilberte,

Nous n'avons pu hier nous entretenir tous les deux, je n'ai pas eu une minute à moi ! Je le regrette mais, du coup, celui que tu sais m'a fait la confidence que tu avais l'intention de me dire, j'imagine. Je suis surpris, j'accueille… nous en parlerons bientôt, chère petite sœur. Navré d'être si bref après un tel aveu, tu restes au creux de mes prières, n'en doute pas.

François

— Bien… je crois que je commence à comprendre, énonça lentement Marc. Il faut que j'aille vérifier à Louvrin le registre paroissial. Ou plutôt… je vais téléphoner à Benjamin ! C'est lui qui ouvre et ferme l'église, il s'occupe du secrétariat de la paroisse. Il pourra m'envoyer la photo du registre de baptême et de décès de Gilberte Celin puisque le frère François s'appelait Celin… cela ira plus vite !

CHAPITRE XI

Le secrétaire paroissial retrouva aisément, avec date et nom, les données sur Gilberte Celin. Elle était morte deux mois après la fin de la guerre, célibataire et... elle habitait à l'adresse exacte de Valérie Chantemet à Louvrin ! C'était donc la fameuse lointaine cousine inconnue et sœur du Frère François ! Marc, après la confirmation de son intuition, demanda à Émilien et Naël d'examiner toutes les lettres adressées à Gilberte par son frère pendant qu'il téléphonerait à l'enquêteur de Paris :

— La moindre chose que vous pourriez déceler, qui puisse avoir un lien avec cette affaire, ou qui vous paraisse anormale… mettez la lettre de côté ! Merci ! Je reviens !

Marc manqua l'office du matin, Angély demanda à Édouard de revenir à l'orgue… pour que la normalité persiste malgré les méandres de l'enquête ! Peu après le départ de Marc, accoudé à la grande table de la bibliothèque, Émilien poussa soudain une exclamation :

— Oh !…. C'est très bizarre ! Drôle de code postal ! Regarde, Naël !

Chère Gilberte,

Un mot très bref pour te transmettre ce que Frère Jacques m'a donné pour toi. Il m'a dit que tu savais pourquoi et que c'est très important. Voici donc l'adresse qu'il veut te communiquer :

Monsieur et Madame L.Togin

Rue de Sellats Letau

33322 NOSSUCÉ

Hâte de te voir de nouveau à Serreveille, merci pour les œufs que tu as fait envoyer au monastère. Nous nous régalons d'omelettes grâce à toi ! En ces temps de privation, nous les savourons d'autant plus que nos poules ont été volées. Je me fais à l'idée… doucement… de ton avenir…

Ton frère, François.

Naël et Émilien s'empressèrent de taper cette adresse sur un moteur de recherche… cela ne donna absolument rien. De même, aucun bijoutier de Paris n'avait le nom d'Isaac Jacob.

En arrivant à la fin du déjeuner au réfectoire, Marc, dont la matinée avait été chargée, put mettre au courant la communauté des derniers éléments trouvés. Gilberte Celin était la sœur du Prieur qui habitait la maison de Valérie Chantement au moment de la guerre. Le fameux frère Jacques, en réalité Jacob Isaac, d'après les archives de Paris, s'avérait être un bijoutier domicilié, non pas à Paris, mais à Chartres ! Il devait être à l'origine des boîtes enfouies et apportées dans l'ambulance qui le transportait depuis la capitale jusqu'à Serreveille, revêtu de son déguisement d'infirmier. Marc le subodorait ; ce juif caché et nommé frère Jacques, avait dû avoir des sentiments très profonds pour Gilberte…

— Mais alors… comment ce fameux Igor a-t-il su pour la cache sous les escaliers de Valérie et dans notre église ?

— Alors là, tu m'en demandes trop, Aymeric ! Je n'en sais rien ! Ce que je sais, c'est qu'Igor court toujours… aucune interpellation, aucun indice ! Soit il a changé complètement d'apparence, soit il se cache encore dans la région avec son jeune complice ! Lui non plus n'a pas été retrouvé… Une alerte a été lancée à toutes les gendarmeries et à l'International.

— Cela peut durer des mois… et on ne saura peut-être jamais ! Ou alors les deux escrocs sont déjà à l'étranger, bien à l'abri pour des années, avança Hervé, dubitatif.

— Et le frère François n'a jamais parlé à personne de cette possible histoire d'amour de sa sœur avec un des protégés du monastère ?

— Le frère François est mort un mois avant sa sœur ! On a supposé, au regard des décès si proches dans le temps, que le frère et la sœur devaient être porteurs d'une malformation cardiaque… C'est ce que m'a dit le notaire paroissial. En tout cas, c'est ce qui se racontait dans Louvrin…

— Ah oui ! Cela me revient tout à coup !, dit Arsène, qui ne perdait rien de la conversation, cette malformation cardiaque… les moines en parlaient jadis quand je suis arrivé à Serreveille. La mort du Frère François fut subite, les moines ne s'y attendaient assurément pas. La communauté avait dû trouver au pied levé un nouveau Prieur…

Marc s'isola pour répondre à un appel, un morceau de pomme dans les mains. C'était Hélène de Jointille qui souhaitait venir au monastère ! Après cette troisième amère déconvenue avec les hommes, elle désirait se ressourcer sur les traces de son défunt ancêtre, au calme, et découvrir le lieu où avait séjourné pendant presque deux ans son grand-oncle Jacob. La famille tenait en haute estime le bijoutier et la légende disait qu'il avait aidé beaucoup de juifs à s'enfuir. Elle avoua également avoir besoin de faire le point sur sa foi chrétienne, tant d'épreuves sentimentales successives la troublaient…

Marc lui demanda un instant d'attente pour s'entretenir avec Angély. Tous deux décidèrent d'acquiescer à la demande de la Parisienne, dont le moral devait être au plus bas après quatre mois d'une telle tromperie. L'hôtellerie n'avait que quatre occupants, on pouvait lui proposer un séjour sans inconvénient. Devant cette rapide et positive décision, au bout du fil, Hélène s'exclama, soulagée, d'une voix empreinte de reconnaissance :

— Vraiment merci ! J'ai besoin de quitter Paris… C'est presque vital !

Il fut convenu qu'Hélène de Joinville prendrait le dernier train du soir pour Louvrin et que Marc irait l'accueillir. Il se rassit :

— En ce moment, tu parles de journée ! soupira-t-il, c'est du matin au soir !

Le responsable aspirait au repos, se sentant soudain très las. Angléy lui offrit de prendre une heure de pause :

— Je répondrai au téléphone ! Va te reposer tranquillement…

La nuit déjà tombée, grande et élégante, Hélène de Jointille, brune aux yeux marron clair, descendit avec prestance du train à la gare de Louvrin, accompagnée de ses deux valises à roulettes. Son maquillage parfait trompait les années. Lors du trajet, Marc put l'informer des derniers éléments découverts et de la possible histoire d'amour de son oncle avec la sœur du Prieur. À l'arrivée, ravie du calme du monastère, de ses bâtiments historiques et de la découverte de l'hôtellerie dont la simplicité la charmait, elle tendit à Marc un paquet bien enveloppé issu d'une de ses valises :

— Tenez ! C'est pour vous ! Il s'agit du seul objet de famille dont j'ai hérité et qui appartenait à mon grand-oncle Jacob. Ce monastère l'a sauvé, c'est à vous qu'il revient… C'est une pendule inachevée, que mon oncle destinait certainement à Gilberte puisqu'il y a gravé leurs initiales « G-J »… Je n'avais jamais compris leur signification ! Comme c'est émouvant et… romantique. Il n'y a que le cadran, l'intérieur est vide. Mon oncle, comme vous les savez, est mort quelques jours après la libération, renversé par une voiture devant chez lui. Les deux amoureux auront vécu une fin prématurée à près de quarante-cinq ans chacun et à un mois d'écart, c'est jeune tout de même…

— Je n'ose accepter… vous croyez ? Il ne faudrait pas vous dépouiller d'un souvenir de famille… mais, elle est magnifique ! Dorée à l'or fin… avec ces initiales, oui, c'est touchant, en effet, dit Marc en saisissant l'objet.

L'horloge sur pied d'une quarantaine de centimètres de haut, légère du fait qu'elle était vide, entourée d'un cadre de bois précieux avec son cadran doré aux chiffres romains, ferait une excellente décoration pour le réfectoire ! Même sans donner l'heure, l'objet agrémenterait le vide du dessus de buffet et évoquerait une trace glorieuse du passé de Serreveille. Marc remercia chaleureusement et expliqua les horaires de la maison ainsi que le fonctionnement de l'hôtellerie. Hélène de Jointille était sans doute familière d'autres lieux, autrement plus luxueux… Toutefois, elle semblait enchantée et souhaita une bonne nuit à son hôte.

Marc regagna sa chambre, pas mécontent de retrouver son lit ! Au milieu de la nuit, il se réveilla brusquement, saisi d'une intuition !

CHAPITRE XII

Se couvrant rapidement d'une parka, Marc se glissa sans bruit jusqu'au réfectoire où il avait déjà installé, au beau milieu sur le buffet, l'horloge du bijoutier Jacob. Prenant ses clés, il sortit dans la nuit noire et se dirigea vers l'atelier de Christian, l'objet sous le bras. Avec un tournevis de petite taille, il enleva soigneusement le panneau de bois situé à l'arrière du boîtier. Déçu, il ne vit d'abord qu'une cavité, avant de repérer en braquant une lampe, un très léger double fond, vissé par de fines attaches. Il changea d'outils et réussit avec difficulté à ôter la fine plaque de bois carrée. On aurait dit que les vis étaient mal insérées. Et… oh surprise ! Une feuille jaunie et pliée en quatre apparut ! Ses yeux de calligraphe distinguèrent l'écriture de Jacob :

Ma douce et tendre chérie Gilberte,

Cette horloge est pour toi ; le point de départ d'une autre vie pour nous deux. Mon cher amour, sous tes trois escaliers de jardin, tu trouveras ce qu'il faut pour choisir la maison de nos rêves, où tu veux, où tu seras je te suivrai... Ma seule racine désormais, c'est toi ! J'ai placé là une partie de mon héritage, un jour où tu étais absente, pour t'en faire la surprise. Si jamais je venais à disparaître prématurément, je t'informe que le reste se trouve d'après l'adresse que ton frère t'enverra de ma part et dont tu connais le secret. Que cette horloge compte les longues heures de notre amour à jamais éternel.

Ma bien-aimée, je t'aime, pour toujours,

Ton Jacob.

Surpris… Marc attendit le matin avec impatience ! Il n'avait qu'une question à poser à Hélène de Jointille : l'usurpateur Lindsky avait-il eu en main cette horloge ? ! Si les vis étaient si mal replacées, peut-être avait-il découvert cette lettre et ainsi appris le secret les deux lieux de cache du frère Jacques-Jacob ! Prudent, le bijoutier n'avait pas tout enfoui au même endroit ! La lettre évoquait une adresse… une adresse… mais oui ! Émilien et Naël avaient mis de côté la lettre où il en figurait une, tout à fait curieuse ! S'habillant complètement cette fois, Marc courut presque à la bibliothèque pour déverrouiller les placards sécurisés des archives. Fébrilement, il retrouva la chemise des lettres mises de côté, où figurait l'énigmatique adresse :

Monsieur et Madame L.Togin

Rue de Sellats Letau

33322 NOSSUCÉ

Il comprit, sans difficulté… les lettres étaient tout simplement inversées !!!

Monsieur et Madame Lingot

Rue de stalles autel

33322 ÉCUSSON

… Et les deux fameuses stalles concernées, seules, portaient un écusson gravé ! Les chiffres 333 signifiaient certainement trois boîtes sous l'autel et 2 boîtes sous chaque stalle ? ! Il s'agissait de lingots d'or ! Sachant qu'un lingot pèse environ un kilo, songea Marc, éberlué, le bijoutier conservait une fortune en métal précieux… c'était limpide ! Le fameux frère Jacques-Jacob avait dû prétexter des réparations à l'église pour enfouir son héritage sans prévenir les moines ! Marc savait que les bijoutiers utilisaient aussi des paillettes d'or en sachets ; ces derniers avaient dû s'éventrer et laisser s'échapper les échantillons trouvés. Ainsi, les moines priaient innocemment depuis des années tout près, non pas du « veau d'or » de l'Ancien Testament… toutefois à proximité d'un sacré capital ! Marc soupira d'impatience, il ne pouvait pas réveiller tout le monde si tôt. Il décida de déjeuner à la cuisine pour tromper le temps et finit l'heure qui restait à l'église, marchant de long en large, les mains dans le dos, priant et réfléchissant la fois… calculant le nombre de lingots cachés et dérobés : 13 à l'église et peut-être 3 chez Valérie… ou bien plus ? Une somme prodigieuse au cours de l'or !

Heureusement, Hélène de Jointille était matinale. C'est elle que Marc prévint en premier. Il la reçut dans le parloir de l'hôtellerie, là où se faisaient les entretiens. Une petite pièce chaleureuse munie de deux fauteuils confortables et d'un bureau de bois clair. Avec lui, dans un sac, il apportait… l'horloge ! La jeune Parisienne, vêtue d'une robe de velours à la couleur de ses yeux et toujours soigneusement maquillée, plissa les yeux en fouillant ses souvenirs… Oui, Lindsky était venu plusieurs fois chez elle, toujours discret et prévenant, sans un geste déplacé, d'une correction exemplaire… L'avait-elle laissé seul un jour, au salon où se trouvait l'horloge ? Oui… mais oui ! Un soir qu'il voulait l'emmener à l'Opéra ; il lui avait demandé si elle voulait bien revêtir sa belle robe bleue plutôt que la jaune qu'elle portait, s'excusant en disant « C'est ma préférée… vous êtes tellement ravissante avec ! Vous la portiez le jour de notre rencontre, à l'exposition de peinture… ». Charmée, la célibataire avait acquiescé à son désir et pris un peu de temps pour se préparer dans la salle de bains, hésitant sur le choix de ses bijoux… À son retour, dans ses souvenirs, le mufle l'attendait, debout, près de la cheminée en marbre où se trouvait la fameuse horloge ! Chaque geste de l'élégant faussaire en costume restait gravé dans la mémoire de la pauvre victime, totalement subjuguée par l'homme. L'amour arrête le temps et fait se souvenir de chaque détail. Amoureuse, Hélène de Jointille se souvenait de tout comme dans un film projeté au ralenti.

Sans les aveux de l'escroc, tout cela restait probable, en revanche, sans preuve. Marc attendit neuf heures pour appeler l'enquêteur de police et lui révéler les derniers éléments. Auparavant, au réfectoire, les moines abasourdis, en oubliaient de manger ! Une histoire d'amour, nouée eu bord de la Tinbe pendant les séances de lessive durant la guerre qui aboutissait, tant d'années après, à ces malaises inexpliqués et cet or caché ! De quoi distraire les esprits pendant les prières !

— C'est un feuilleton, cette histoire ! commenta Angély, ébahi, en triturant son plâtre.

— Pas possible ! Incroyable ! répétait Carlo, médusé, frottant ses fines mains l'une contre l'autre.

La communauté eut du mal à reprendre son rythme. Marc s'efforça de concentrer son attention sur chaque personne accueillie à l'hôtellerie, dont Hélène, à la foi chrétienne, certes vive, mais très ébranlée. Il la reçut longuement plusieurs fois au parloir. Le traumatisme vécu semblait sonner le glas de toute confiance de la quinquagénaire en son avenir avec un homme ; le rêve de sa vie. Par ailleurs, elle renouait, progressivement et de manière surprenante, avec la foi dans le Christ Ressuscité. Hélène de Jointille priait avec une ferveur peu commune, même la nuit. Une infusion presque « mystique » l'étreignait singulièrement. Marc écouta avec patience le long récit des déboires sentimentaux successifs d'Hélène avant de la confier à Stéphane et Côme. Il lui conseilla un livre de « Jean- Pascal Fabre » pour éclairer sa foi retrouvée et l'encouragea à se promener dans la nature, à se ressourcer au bord du murmure de la Tinbe, si elle avait envie de marcher jusque-là…

Au bureau, le téléphone de l'enquêteur en chef ne sonnait toujours pas ! C'était frustrant ; les deux hommes en fuite ne se trouvaient nulle part ! Angély, assis près de Marc qu'il voyait distrait et préoccupé, conseilla :

— Oublie tout cela ! Ce n'est plus notre affaire maintenant… Dieu Seul est notre affaire !

— Merci, Angléy, tu as mille fois raison…

Enfin, un soir, alors que les frères se retrouvaient comme parfois devant le journal télévisé de vingt heures, un flash spécial interrompit le flot des nouvelles :

— Deux escrocs recherchés ont été arrêtés à la frontière suisse en possession de lingots d'or…

À peine la phrase fut-elle prononcée qu'un appel téléphonique retentissait ! Marc coupa l'écran et mit le haut-parleur de son appareil ; la police confirmait les arrestations et demandait au monastère s'il avait l'intention de porter plainte pour empoisonnement etc.

— Heu… bredouilla Marc, à vrai dire… on n'y a pas réfléchi !

Un sourire intérieur le parcourut tel un frisson : aucun des moines n'avait pensé à ce genre de démarche ! C'était bon signe dans l'ordre de la charité ; le désir de « correction » du malfrat n'était jamais apparu dans les conversations en tant que préoccupation majeure… Marc pensa que prier et rester au plus près du Cœur de Jésus protège de la haine et détache du mal. C'était finalement assez reposant.

Du regard, il chercha les yeux d'Angély. Celui-ci exprima :

— Nous ne porterons pas plainte si l'individu expose tous ces méfaits dans le détail et répare l'ensemble des préjudices, cela vous semble bien ? Côme ? Stéphane ? Arsène ? Thierry ?

Marc demanda quelques minutes à son interlocuteur et le mit en attente. Le groupe des moines se mit d'accord ; si le faux Lindsky s'expliquait en toute franchise et sans rien omettre, s'il rendait tout ce qu'il avait dérobé - au moins en argent - à toutes ses victimes (qui devaient être nombreuses) et sans exception, le monastère ne porterait pas plainte. En revanche, cette réparation scrupuleuse devait être exigée et vérifiée. La requête n'enlèverait pas la procédure en cours de la petite-nièce parisienne de Jacob Isaac, néanmoins, elle pourrait encourager le suspect à donner une vraie version des faits. Grâce à cette bonne volonté, la peine encourue serait beaucoup moins lourde et les années d'emprisonnement certainement raccourcies. Le monastère voulait la vérité, toute la vérité… sinon il y aurait plainte. Quand Marc raccrocha, il s'interrogea tout haut :

— Les lingots vont être répartis aux descendants vivants de Jacob, j'imagine… quelle fortune ! Hélène m'a dit qu'ils sont relativement nombreux, cela va changer la vie de plusieurs familles !

Hélène de Jointille frappait justement discrètement à la porte… Sur le poste de télévision de la salle commune de l'hôtellerie, elle venait d'apprendre la nouvelle. La vue des vingt-deux moines réunis en cercle devant leur écran lui fit faire un mouvement de recul :

— Excusez-moi… je cherchais frère Marc…

Brusquement, l'élégante et digne Hélène de Jointille, éclata en sanglots la tête dans ses mains, soulagée de savoir son usurpateur enfin arrêté. Ses nerfs lâchaient. La déconvenue d'un espoir sentimental, pour la troisième fois, avait été rude. On fit asseoir Hélène. Marc et Angély l'entourèrent pendant que Carlo lui préparait une tisane. La Parisienne se reprit en remerciant et fixa son retour dans la capitale dès le lendemain matin : beaucoup de démarches seraient à régler avec le notaire et la police. Les yeux humides, la jeune femme exprima avec insistance sa gratitude aux moines et leur promit de les tenir au courant de la suite de l'affaire.

Après ce départ, qui laissa un vide aux accompagnateurs spirituels qu'Hélène sollicitait plusieurs fois par jour, la communauté retrouva la normalité du quotidien. Toutefois, mille questions taraudaient continuellement Marc ; il y pensait même pendant les temps de prière ! Heureusement, il n'eut pas à attendre trop longtemps pour avoir les réponses ! Une semaine plus tard, par téléphone, il apprit le fin mot de cette rocambolesque histoire.

Lindsky était un habitué de « l'escroquerie sentimentale ». Il distillait ses charmes auprès de vieilles dames fortunées et très seules, chez lesquelles il ne dérobait que quelques objets ou bijoux de valeur pour ne pas se faire repérer. Allant même jusqu'à excuser ses absences soudaines et définitives par des mots d'excuse aux pompeux en-têtes, à grand renfort de politesse et de motifs attendrissants. La plupart des victimes ne se manifestaient pas, ne faisant pas le lien les vols et son passage ou, quand elles le faisaient, ayant trop honte de s'être fait berner par un si élégant et distingué personnage… C'était difficile à avouer. Le déshonneur ne sévit pas toujours dans le bon camp et la solitude subie est une telle croix qu'elle pousse à des excès de confiance irraisonnée : chacune des victimes espérait tant être aimée ! L'amour, une denrée qui ne s'achète pas, fait vivre.

Pour Hélène de Jointille, Lindsky avait effectivement découvert la lettre glissée dans l'horloge et tout était, en effet, parti de cet indice. Après l'avoir photographié, il avait été au centre des archives. Les documents qu'il désirait consulter sur Jacob Isaac, après avoir entendu tout ce qu'Hélène savait de son oncle, étaient dans une réserve confidentielle, non accessible au public. Qu'à cela ne tienne ! Muni de faux diplômes et d'un CV élogieux payés à un méticuleux faussaire, il avait intégré pour un remplacement urgent un poste de cadre au centre des archives, arrivant en sauveur après l'arrêt maladie inattendu du responsable.

Ses collègues du centre n'avaient rien remarqué d'anormal, sinon qu'il était distant et peu actif. Quand on l'interrogeait sur des problèmes précis, il répondait invariablement : « Laissez-moi arriver et prendre connaissance des dossiers ». Poli, avenant, discret, il jouait son rôle à merveille et… détenait tous les codes des réserves ! Quinze jours plus tard, il démissionnait par une lettre en bon et due forme pour cause de décès dans sa famille !

Aux archives, il avait trouvé une note de frère François, racontant dans une chronique interne les agissements des Allemands à Serreveille. Un jour de 1943, les envahisseurs avaient débarqué par surprise au monastère afin de vérifier qu'aucun juif ne s'y cachait. Le Prieur avait ouvert la grande porte (avec le frère portier) et prononcé une phrase « code ». Immédiatement, ce frère était sorti de la pièce pendant que Frère François, pour gagner du temps, interrogeait et parlementait avec l'ennemi, dans leur langue.

Dans les bâtiments, prévenus, les cinq juifs (préparés au scénario) se précipitaient en courant à l'infirmerie où des lits étaient faits et enfilaient un haut de pyjama sans avoir le temps de mettre le bas, tandis que le frère portier tournait la pancarte sur la porte « Attention contagieux ». Les Allemands, peu patients, investissaient déjà les bâtiments à grand renfort de bruits de bottes. Le frère portier, n'ayant pas eu le temps de trouver quelqu'un d'autre, s'était revêtu d'une immense blouse blanche, un masque de linge de coton blanc sur le visage, et il faisait semblant de donner de l'eau à « ses patients » dont les visages exprimaient une souffrance déchirante. Deux d'entre eux firent semblant de dormir. Les pas se rapprochaient, la porte de l'infirmerie s'ouvrit malgré la pancarte ! Le faux infirmier, réprimant son essoufflement, prononça avec calme : « Il serait plus prudent de revêtir une blouse et un masque, nos malades sont très contagieux… ».

Frère François traduit en allemand, langue qu'il connaissait bien. Devant le spectacle des cinq alités dont l'un, la tête rejetée arrière et soutenu, tel un mourant, par le frère portier qui lui portait un verre aux lèvres, le pyjama à peine boutonné, les soldats avaient tourné les talons, sans mot dire. Le stratagème avait fonctionné à merveille ! Certes, il n'avait été répété qu'une fois, tout au début de l'arrivée des cinq juifs, mais chacun avait joué parfaitement son rôle ! Les Allemands, après avoir inspecté l'ensemble des bâtiments et tous leurs recoins, s'en étaient allés après un salut hitlérien réglementaire. Ce fut la seule fouille. Avant l'arrivée des cinq hommes, frère François s'était employé à répandre le bruit dans Louvrin qu'un monastère en zone occupée et dangereuse avait dû être évacué et que cinq moines étaient venus compléter la communauté. Les gens de la région ne s'étaient pas étonnés, croyant le vénérable Prieur sur parole. Ainsi, on ne sut qui orienta les Allemands à Serreveille ; ce put être une opération de routine, systématique, puisque de nombreux établissements chrétiens cachaient des juifs.

Lindsky, aux archives de Paris, avait pu avoir accès à cette information datée, et il trouva le dossier confidentiel de Jacob Isaac : une boîte qui contenait quelques objets personnels dont un calepin. À la date précise de la descente des Allemands soupçonneux au monastère, le bijoutier avait écrit : « Cacher mon fond à S. Prévenir G. ». Après l'alerte de la fouille de l'Abbaye, le bijoutier avait dû prendre peur pour son trésor… peut-être était-il sous un matelas de l'infirmerie… ? L'amoureux ne pouvait imaginer la future mort de sa promise ni même la sienne : quand on aime, il n'est question que de vie !

Dans un second temps, Lindsky avait eu le temps de convaincre Naël Portalier de venir enrichir son mémoire en région louvrinaise ! N'hésitant devant aucun mensonge, il lui avait fait croire à de possibles découvertes inédites dans l'histoire de la cache des juifs qui feraient de lui un historien de renom. Et sur place, bien en amont, Lindsky avait préparé le terrain, apeurant Valérie par les « ennuis » successifs qu'elle avait subis. Yves Giliet, présent au moment propice malgré lui dans la ville, avait fourni bon nombre de renseignements sur le monastère et sur Valérie à la terrasse du bar ! L'estivant sympathique avait demandé à Yves Giliet tous les horaires ainsi que d'autres précisions sur la vie à Serreveille ! Le complice trentenaire blond qui déroba le butin, Lindsky le connaissait déjà et l'avait recruté sans difficulté. Après le carnage réalisé dans l'église du monastère, le jeune homme avait récupéré l'or et pris la fuite dans une voiture volée avec son commanditaire. Tous deux avaient pris la précaution de se travestir en tenues de femmes à chapeaux ! L'appât du gain et pas des moindres, avait convaincu le trentenaire de mettre ses compétences au service de l'habile malfrat. On apprit d'ailleurs que c'était Lindsy, lui-même, qui s'était glissé pendant un office dans le réfectoire du monastère pour coller son produit incolore et inodore au fond de dix verres « seulement »… avoua-t-il précisément ! Un produit sans danger, d'après lui, qui faisait juste chuter brusquement la tension pendant quelques minutes ! La justice jugerait de son appréciation…

Par la suite, Lindsky avait mené d'une main de maître toute cette histoire de contrôle d'humidité depuis le hameau de la Rozelière par un faux service des eaux, s'assurant le concours d'un contrôleur fictif. C'est lui-même qui, déguisant sa voix au téléphone, avait joué le rôle du professionnel spécialisé en pollution intérieure… très pris et qui avait finalement consenti à donner un rendez-vous rapide ! Et comme par hasard, son complice contrôleur fictif avait demandé aux moines de vérifier l'origine de l'humidité sous l'autel et les stalles. Troublée par la proximité des moines « chuteurs » près de ces points stratégiques, qui n'était qu'un pur hasard, la communauté n'avait rien soupçonné.

Bien documenté, Lindsky savait que le monastère était approvisionné par une source privée, il était convaincu que les malaises provoqués par le produit conduiraient les frères à des analyses de l'eau. Ce fut là son génie. Le fameux faux contrôleur, muni de ses appareils avec son boniment sur des émissions de gaz possibles depuis les sous-sols, avait été plus vrai que nature ; Christian ne décolérait pas, lui qui avait revêtu avec mille précautions la combinaison étanche pour percer çà et là et recueillir des échantillons.

— Il a fallu que je change toutes les sections de tuyaux percés ! Non mais quelle imposture ! C'est bien la première fois que je me fais avoir comme ça ! Il était plus que convaincant, je n'ai rien deviné… avec ses appareils… il donnait bien le change ! Ah Seigneur… quand on l'habitude de faire confiance, on ne se méfie de rien !

— Quelle mascarade ! Avec sa combinaison intégrale… il nous a bien dupés ! surenchérit Hervé, et toi qui as dû t'habiller comme lui… quel cinéma !

— Oui, mais un cinéma très réussi… nous avons tous été crédules, dit Sylvestre, très mécontent et dont la bosse sur le crâne était toujours sensible.

— Ne nous culpabilisons pas, nous n'avions aucune possibilité de deviner cette mystification, ajouta sagement Côme.

— Oui, nous ne sommes jamais responsables des actes malveillants des autres, et d'autant plus quand nous ne les devinons pas, compléta Stéphane, philosophe.

La communauté réunie, face à ces détails inconcevables, stupéfiée, marqua un temps de silence. Puis Angély, mettant sa main gauche sur l'épaule de Marc, dit malicieusement :

— Alors, le Bon Samaritain, tu vas lui apporter des oranges en prison à ce faux Lindsky ?

— Non… je vais lui faire envoyer des livres ! Des livres de… Jean-Pascal Fabre ! Je viens de recevoir un SMS d'Hélène de Jointille[2] ; elle entre… dans une communauté du Carmel !

---

[2] Vous trouverez la suite des aventures d'Hélène de Jointille dans le roman : « Sœurs de Vie » (à paraître), tome 8 de la série LE COUVENT DES CYPRÈS.

Le prochain tome de cette série paraîtra sous le titre :

LES ENQUÊTES DE FRÈRE MARC

paraîtra sous le titre :

Le Péril des Profondeurs

Pour le soutien apporté pendant l'écriture de ce livre, tous mes remerciements à Catherine C, Virginie, A-Michel, Madeleine, Jean-Guerric, Catherine G., Élisabeth et André.

Et un grand merci à vous, chère lectrice, cher lecteur, d'avoir lu ce roman.

Si vous souhaitez suivre mes publications, vous pouvez le faire sur la page *Facebook* Inès Delajoie, auteure.

Pour me contacter, il est possible de m'écrire à l'adresse courriel suivante :

ines.delajoie (arobase) gmail.com